只为成功找方法

不为失败找借口

志当存高远

我辈奋斗时

“大国工匠人物传”丛书

秦世俊

以匠心之火筑『航空梦』

王杏芬◎著

中国工人出版社

图书在版编目（CIP）数据

秦世俊：以匠心之火筑“航空梦” / 王杏芬著. 北京：中国工人出版社，2025. 9. -- ISBN 978-7-5008-8765-2

Ⅰ. I25

中国国家版本馆CIP数据核字第2025ZB6372号

秦世俊：以匠心之火筑“航空梦”

出 版 人	董　宽
责任编辑	刘广涛
责任校对	张　彦
责任印制	黄　丽
出版发行	中国工人出版社
地　　址	北京市东城区鼓楼外大街45号　邮编：100120
网　　址	http://www.wp-china.com
电　　话	（010）62005043（总编室）
	（010）62005039（印制管理中心）
	（010）62379038（社科文艺分社）
发行热线	（010）82029051　62383056
经　　销	各地书店
印　　刷	宝蕾元仁浩（天津）印刷有限公司
开　　本	880毫米×1230毫米　1/32
印　　张	6.25
字　　数	105千字
版　　次	2025年9月第1版　2025年9月第1次印刷
定　　价	49.00元

国之大者，工匠先行

——“大国工匠人物传”丛书总序

在中华全国总工会成立100周年之际，全国总工会宣传教育部、中国报告文学学会、中国工人出版社联合开展了“文艺工作者走基层”活动，推出“大国工匠人物传”丛书，向全国总工会献礼，向广大劳动者致敬！

“知者创物，巧者述之守之，世谓之工。百工之事，皆圣人之作也。”这是中国所见年代最早的关于手工业技术文献《考工记》中对工匠的记载。“工”之责在于造物，“匠”者为能工鼎识者也。

幼时，老家云南昆明大板桥的老街上，从南头到北头，都是大大小小的手艺人，木匠、石匠、焗匠、骟匠、竹篾匠、鞋匠、箍桶匠……空气中飘荡着木匠的刨花香和石匠敲打出来的粉尘，充满着焗匠手中皮带的“吱扭扭”声、骟匠刀下小猪猡的闷哼、箍桶匠皮锤不轻不重的敲击声。老街上的竹篾匠是我的一个表姨夫，他来自四川，有着一手出神入化的编造竹篾手艺。粗壮的毛竹是表姨夫手中的“百万雄兵”，在一把锋利无比的刀的指挥下，被劈成厚薄、粗细不一的篾。表姨夫的本领仅次于撒豆成兵的天神，他能化篾成物，一般家里能见到、用到的器物，他都能用竹篾编出来。母亲曾命我在老街上买一个暖水瓶的内胆，然后去表姨夫的摊位上，坐等他为暖水瓶胆编制一件竹制的外壳。那个暖水瓶至今还在我家老屋的一个角落里。竹篾壳早已被岁月包了浆，虽然久不使用，却依然油润、红亮。这便是我幼时对匠人的记忆。

五千多年的中华历史长河中，涌现出了无数能工巧匠，他们或如明月光照，或如星河璀璨。一代代薪火相传的工匠精神，不仅成就了那些流芳百世的绝世建筑与器物，更是烛照我们通向文明现代化进程的精神之光，是我们文化的自信心、民族的根与魂。

从“嫦娥”探月到“祝融”探火，从“北斗”组网到“蛟龙”深潜，从港珠澳大桥横跨三地到大兴国际机场凤凰腾飞……这些挺起中华民族脊梁的大国重器、世纪工程背后，无不凝聚着万千工匠的心血和汗水，映照着工匠们孜孜以求、拼搏奋进的身影。

本套丛书收录的是全国总工会历年评选出的大国工匠

的人物传记。他们当中有焊接高铁的“工人院士”李万君、打破国外高端设备维修垄断的王树军、让中国锻件立于世界之巅的刘伯鸣、“人刀合一”的顶级钳工李凯军、在高空“穿针引线”的竺士杰、油田里的创新能手刘丽、了不起的“钢铁裁缝”艾爱国、数控机床上的“雕刻师”孟维、让三星堆文物“活”起来的郭汉中……他们有的是传统加工业的锻造者，为了突破技术瓶颈精益求精；有的是新兴制造业的探路者，为了实现精密制造巧思妙想；有的是军工行业的铸剑者，为了打造国之重器默默坚守；有的是民间手工艺的守护者，为了传承非遗文化精雕细琢……他们奋战在国防军工、装备制造、传统工艺等行业的第一线，以久久为功的钻研和创新，造就了一个个传奇。

这些杰出的工匠，尽管行业不同、岗位不一，成长经历各异，但他们都有着爱党爱国、敬业奉献、创新争先的优秀品质。他们耐得住清贫与寂寞，用灵巧的双手和精湛的技艺，数十年如一日地在平凡的岗位上雕琢自己心中的梦想，以实际行动诠释着“执着专注、精益求精、一丝不苟、追求卓越”的工匠精神。“天下大事，必作于细。”工匠精神既是中华民族技艺世代传承的价值理念，又是中国开启新征程，从制造业大国迈向制造业强国的时代需要。

“大国工匠是我们中华民族大厦的基石、栋梁。”2024年3月5日，习近平总书记参加十四届全国人大二次会议江苏代表团审议时强调“树立工匠精神”，指出“没有金刚钻，揽不了瓷器活”，要“把第一线的大国工匠一批一批培养出来”。党的十八大以来，习近平总书记对建设高素质劳动大军高度重视，强调“当代工人不仅要有力量，还要有智慧、有技术，能发明、会创新，以实际行动奏响时代主旋律”，深刻阐述工匠精神“执着专注、精益求精、一丝不苟、追求卓越”的内涵要义，号召全社会弘扬工匠精神，“为全面建设社会主义现代化国家、实现中华民族伟大复兴的中国梦提供有力人才和技能支撑”。

“匠心聚，百业兴。”无论是传统产业，还是新兴产业、未来产业，大国工匠在发展新质生产力的历史进程中不可或缺。随着经济发展方式转型和产业结构升级，中国要实现由制造大国向制造强国的转变，实现由中国制造向中国创造的跨越，离不开广大劳动者的创新和创造，更离不开对工匠精神的继承和发扬，于是呼唤更多大国工匠成为时代强音。

文艺是时代进步的号角，最能代表一个时代的风貌，最能引领一个时代的风气。中国报告文学学会、中国工人出版社联袂推出“大国工匠人物传”丛书，以图书的形式为大国工匠树碑立传，让他们的故事和精神具有更广泛的交流传播价值和长久的史料价值。本套丛书的写作者奔赴大国工匠生活的城市，深入大国工匠工作的厂区、车间、工作室，获取了全面细致的第一手材料，最终将大国工匠的成长、成才故事呈现在读者面前。

“大国工匠人物传”丛书讲述的是个人奋斗史，也描绘出大国工匠的群体形象。可以说，这套丛书是目前国内系统研究众多大国工匠人生轨迹的权威读本，既有对每位大国工匠的整体介绍和事迹梳理，又有具体的事件、案例，全面、生动地展示了大国工匠各个人生时期的工作和生活状态。

新时代是奋斗者的时代，中国式现代化建设新征程这一宏伟事业为广大工匠技能人才成就梦想提供了广阔舞台。每位劳动者都是主角，都可以成为工匠精神的践行者。大国工匠是新时代的最美奋斗者，更是和平年代当之无愧的英雄。

国之大者，工匠先行，向着中华民族伟大复兴的目标砥砺奋进，行稳致远。

是以为序。

目 录

引 子

废墟上建起军工厂

/ 001

18名怀揣梦想和抱负的年轻人，甩开强劲的膀子，开始在平房安营扎寨，开山辟路。他们边建设边生产，在这里播下了新中国第一代航空人强国梦的种子。

第一章

我们走在大路上

/ 009

那旋律自秦永刚从进厂时吹起，一直吹到现在。儿子对车床表现出的兴趣，让他心生欢喜，他要用口琴来表达心中充溢的快乐。他吹的曲子名为《我们走在大路上》。

第二章

上技校，当工人

/ 024

秦世俊初中毕业时，病重的爷爷发话，要大家庭开个会，商量孩子到底是考技校、考高中，还是去当兵。这个会其实无所谓开不开，因为大家的意见出奇地一致：去考技校，而且要考哈飞的技校。

第三章

父亲给了一巴掌

/ 035

见儿子完全不当一回事，秦永刚边气急地说道："我跟你说话呢！"边甩手一巴掌朝儿子打去。秦世俊用手一挡，那一掌便落到了他的胳膊上，生疼生疼。

第四章
自学磨刀
/ 045

有一天秦世俊磨完刀走出来，众人看见他都笑了。他不解，往自己脸上抹了一把，大家笑得更欢了。纳闷儿的他跑到更衣室镜前一瞅，好家伙，满脸厚灰，手抹了一下，更让自己看上去像个滑稽的小鬼了。

第五章
“自主走路”的惊险
/ 056

“那一批我全部加工完了。”秦世俊嗫嚅道，紧张得心里不停打鼓。检验师一听傻眼了，结结巴巴道：“你，你不知道干完首件要三检吗？你，你师父没跟你说吗？”

第六章
技能比赛与创新激情
/ 067

技能比赛对于产业工人具有重要意义，不仅能展示自我、检验技能，还能开阔眼界、汲取能量。在高手如云的赛场上，他们可以迅速吸收他人的精华和优点，实现自己的跳跃式成长。

第七章
与 0.01 毫米的较量
/ 077

何为“匠”？肯定是忘我投入的精益求精，是“偏毫厘不敢安”的一丝不苟，是追求细节与卓越的执着专注与锲而不舍。

第八章
温暖的爱与清澈的爱
/ 087

到了车间，父子俩各奔工位。秦世俊的裤腿和鞋都被雨水打湿了，但他一点也不后悔。他悄悄地将背包放入工具箱，背包里藏着一件没打开的雨衣。

第九章
“可以不要彩礼吗？”
/ 099

双方父母都不知道他们已经领证了。什么叫爱情？还无法看到他以后的成就，给他出打车钱，愿意不要彩礼，私拿户口本与他登记结婚，这算不算爱情？

第十章
两代人的接力棒
/ 112

休息了一会儿，曹焕琴吃力地对丁洋道：“毛毛接过了你公公交给的接力棒，在继续为国家出力。现在，我手中的接力棒也要交给你了。照顾家人和孩子，只能靠你一个人了。”

第十一章
“他的努力我们看到了！”
/ 122

每个人生下来都是凡人，丁洋也不例外。之所以许多凡人后来成就不凡，都来源于内心的坚持和不懈的自我修正。

第十二章
高薪的诱惑
/ 133

父亲非常激动，用手指着秦世俊道：“还问为什么？我告诉你为什么，哪怕你长成参天大树，也不要忘了培养你的土地。”

第十三章
“莫以小改而不为”
/ 147

执着地将不可能变成可能，在毫厘间精雕细琢……秦世俊身上潜藏的工匠特质在时间的推移中越来越明显。

第十四章
团队智慧打开高质量加工之“锁”
/ 158

他们工作室所做的一切技术攻关，不就是为了打开高质量加工这把“锁”吗？

第十五章
用努力成就不凡
/ 173

“现在，我的照片在大国工匠荣誉墙上，今天我想问问父亲，您能不能指着那张照片对别人说：‘他是我的儿子！’”

后　记 */ 184*

引子 废墟上建起军工厂

冬天的哈尔滨是冰的世界。

去往平房区的道路被大雪覆盖，两旁参天的松榆和枝叶纷披的杨柳，在寒冷的温度下，成了美得惊心、白得耀眼的玉树琼枝。

脚下的路叫友协大街。

街名因何而来？

1949 年 12 月，毛泽东访问苏联，向斯大林表达了刚成立的新中国亟须获得“老大哥”帮助的愿望，斯大林欣然应允。不久，中苏两国签订协议，苏联开始了对中国为期 10 年的援助。

来到哈尔滨的苏联专家许多住在此街东侧，故而得名“友协”，取“友好、协作”之意。

平房区为哈尔滨市辖 9 区之一。如果说东北是新中国重要的工业基地和“工业的摇篮”，那么哈尔滨的平房区就是其中最重要的组成部分。

1949 年至 1954 年，短短 5 年多时间，新中国在平房区的废墟上大刀阔斧，先后建起了国营 120 厂、国营 122 厂、国营 155 厂、国营 101 厂。工业建筑面积达 11.57 平方公里，厂房如雨后春笋般拔地而起的崭新工业城，迸发着初升太阳般无穷的活力。

友协大街 15 号，穿着蓝色工装的秦世俊在公司门口等我。大门之上，是“哈飞”两个蓝色大字。蓝色，能让人联想到广阔无垠的天空。

1982 年出生的秦世俊，有着东北人常见的高大身躯，鼻梁上架着的眼镜，又给他平添了几分书卷之气。

秦世俊是哈飞的“厂二代”，父亲秦永刚 16 岁进厂，直至退休。而他 16 岁即考入哈飞技校。父子俩在相同的少年时光，分别与中国航空工业集团哈飞结下了不解之缘。

哈飞全称为中国航空工业集团哈尔滨飞机工业集团有限责任公司，就是前文所说的国营122厂。秦世俊是哈飞的数控铣工、高级技师，中国航空工业集团首席技能专家。参加工作20多年间，他主要从事直升机多种机型的科研、生产加工任务，完成创新创效攻关项目1000余项，解决直升机动部件多项技术难题。

随秦世俊走入厂办展厅，迎面展墙上扑面而来一行振奋人心的文字：中国直升机工业从这里起飞——1948.8.17。

这让人不由得再次联想到了广阔无垠的蓝天，那上面，振翅翱翔着的，不就是新中国航空人的梦想吗？

1948年6月，东北战局稍一好转，东北民主联军军工部部长何长工就亲自来到平房，他要为即将建立的共和国勘察适合建立军工厂的厂址。

平房虽邻近哈尔滨市区，但自身位置很隐蔽，且有被废弃的机场跑道和房屋，交通运输便利，加之地方面积大，适合后续发展……这些都令何长工倍感满意。

短短2个月后的8月17日，平房同时开来了3辆汽车。车一停，18名青年航空人涌下车来。站在这片待开垦的废墟上，他们的眼里没有丝毫茫然，闪耀着的全是对未来充满希望的亮光，那亮光，如火焰一般炽热。

18 名怀揣梦想和抱负的年轻人，甩开强劲的膀子，开始在平房安营扎寨，开山辟路。他们边建设边生产，在这里播下了新中国第一代航空人强国梦的种子。

哈飞，时名东北军区军工部直属三厂。

新中国成立后，中央领导集体时刻关注国家的航空工业发展，1951 年即派出以何长工、段子俊和沈鸿组成的代表团奔赴莫斯科，与苏联外长维辛斯基进行航空工业合作谈判。

三人的苏联之行是顺利的，不仅签订了苏联援助中国建设航空工业的协议，根据双方决定，苏联还将派出专家到中国指导，帮助组建飞机修理厂。

1956 年，国家将直 5 的仿制任务交给哈飞。对于当时的哈飞来说，任务是艰巨的。但周恩来在部署开国大典阅兵时说的“飞机不够，我们就飞两遍”那句话，时时回响在哈飞航空人的耳边，是痛，是启发，更是动力。航空人每每想到这句话，就有了克服困难的无穷勇气。

那时，我们国家只有 17 架飞机。

哈飞开始启动直 5 的仿制工作。他们仔细研究苏联提供的米 –4 直升机图纸资料和样机，夙兴夜寐，于 1958 年 12 月 14 日完成了第一架静力试验机的试制和首飞成功，中国直升机工业由此实现了从无到有的跨越，哈飞也因此被誉为“中国直升机工业的摇篮”。

哈飞人并未止步于直5的仿制成功，他们牢记航空人的使命，立志为祖国研制出更多的机型。在他们的艰苦奋斗下，我国第一架轻型轰炸机轰5、第一架中型轰炸机轰6、第一架水上轰炸机水轰5、第一架安装涡轮轴发动机的直升机直6……一个个新型号陆续出现在中国航空工业集团哈飞的型号谱系图上。每一个展翅于蓝天的新机型上，都凝聚着哈飞人的汗水与心血，承载着他们航空报国的初心和使命。

20世纪70年代末，由于国民经济方针的调整，哈飞直5、轰6等主力机型相继停产。一直保持“党需要干啥就干啥，哪里需要就到哪里干”优良传统的老航空人，在中国航空工业集团哈飞艰难曲折的发展史上，初心不悔，依然默默奉献。

他们不等不靠，开始了“军转民，内转外”的求生存、图发展的二次创业之路。

在哈飞的大事记上，记录着改革开放以来其一连串“自立自强”的闪光足迹：

20 世纪 80 年代初，哈飞全额贷款引进法国“海豚”直升机生产技术专利，研制直 9，并成功实现直 9 国产化，使我国直升机制造技术一举向前跨越了 30 年，为中国直升机工业走出了一条引进、消化、吸收、再创新的发展之路。

1982 年，为满足国民经济发展需要，哈飞率先按照国际最新适航条例研制运 12 通用飞机，开了中国民机适航审定先河，为推动我国民机适航体制的建立发挥了巨大作用。

进入 21 世纪，哈飞借助原有平台陆续研制出一系列新型号。在直升机领域，在直 9 平台上相继推出“AC 系列”民机以及十余个军用型号。

2010 年又成功研制直 19。在通用飞机领域，在运 12 Ⅱ、运 12 Ⅳ基础上，成功研制运 12E 和新一代双发涡桨通用飞机运 12F。多个型号的成功研制实现了哈飞产品的全面开花，标志着企业迈入稳定发展阶段。

习近平总书记在 2022 年 12 月曾寄语中国航空工业集团沈飞“罗阳青年突击队”的青年工人，希望他们“继续弘扬航空报国精神，心往一处想，劲往一处使，在推动航空科技自立自强上奋勇攀登”。

走进新时代的哈飞，发展的战略支撑就是坚持“领先创新力”。在科技发展突飞猛进的当今世界，要“创新”，还要“领先”，谈何容易？

哈飞人能做到吗？

为了积聚增强高质量发展动能，形成与业务工作深度融合的数智综合能力体系，他们将先进制造技术和先进 IT 技术深度融合，建成了多条智能化生产线；继实现 AC332 首飞，AC312E、AC352 首飞、取证，持续丰富 AC 系列民用直升机产品谱系后，运 12F 实现取得中国民用航空局、美国联邦航空局和欧盟航空安全局的型号合格证历史性突破；持续推进航空产品升级换代，构建一机多型、系列化发展的产品格局；多型号产品在高原运输、应急救援、安全维稳等领域表现优异，为国家应急救援装备体系建设、通航产业建设提供了强力支撑……

事实证明，哈飞做到了。“科技创新”这个关键变量，哈飞紧紧抓住，把发展进步的主动权牢牢地掌握在了自己手里。

70 年前，18 位航空人跳下车稳稳站立在平房废墟上的那一瞬，就把一种精神植根在了脚下的土地。这种精神我们可以从多维度来理解，它是艰苦奋斗、自力更生的精神，它也是团结的精神，它还是为了梦想矢志不渝的奋斗精神，它更是伟大的创造精神。

其实，它们有一个共同的称号，那就是——中国精神！

苦难中奋起抗争、和平时默默奉献所孕育出的中国精神，一直流淌在中国人民的血液里，鲜活、生动，奔腾着强劲的力量。

第一章 我们走在大路上

"毛毛从小睫毛长眼睛大，白白净净，像个毛茸茸的玩具娃娃。我和他妈就叫他毛毛，一直叫到现在。"虽然秦世俊已人到中年，但在父亲秦永刚的眼里，儿子永远是那个叫"毛毛"的孩子。

母亲怀孕时孕吐厉害，腹中的秦世俊也没得到多少营养，刚出生时体重不足6斤。

为了给儿子补身体，薪水不高的秦永刚夫妇俩像所有中国父母一样，节衣缩食，省出钱来给他买各种营养品。

20 世纪 80 年代，奶粉、蜂王浆口服液等在普通家庭都属难得一见的好东西，而在秦世俊的记忆里自己几乎每天都能吃到。

即便这样，上小学后的秦世俊也依然容易感冒，“那时，如果班上有一个人感冒，绝对是我；有许多人感冒，不用说，最严重的那个肯定也是我。”

因为孩子先天体质弱，所以母亲将秦世俊的健康看得格外重要，相反，对他的学习就持相对开明的态度。

“没有健康，学得再好有啥用？”她对秦永刚说，“学习上咱不逼孩子，本就体弱，逼出啥毛病来咋办？”

母亲“无为而治”，要求的只是孩子的健康，但后续秦世俊在事业上的成就，不仅验证了“行行出状元”的古训，无疑也证明了他母亲教育方法的正确。

母亲叫曹焕琴，是一位来自吉林的端庄美丽的女子，她的外表难以与她从事的职业相联系。她在市政排水队工作，每天都与又脏又臭的下水道打交道。

秦世俊没见过母亲掏淤泥的样子，下班后的母亲出现在他面前时，永远都是温暖的笑容、洋气的齐耳卷发、朴素但一定时尚的着装。

做完所有家务后，母亲会提起画笔，在小餐桌上画画。秦世俊不知道母亲是怎么学会画画的，只是感觉母亲的形象、气质，都与作画那样的场景分外协调。

小时候的秦世俊，一直误以为自己的母亲是名画家。

他们的家其实很小，一套平房，中间砌了一堵简易墙，墙那边还住着叔叔一家四口人。

1985 年，哈飞在单位附近建了几栋 6 层的鸳鸯楼，也是首次安了暖气的家属楼，秦永刚是厂里当时最年轻的高级技师，分了一套一室一厅 30 多平方米的房子。房子在一楼，进出方便，冬天暖和，孝顺的秦永刚便让年迈的父母住了进去，自己则带着老婆孩子搬进了只能烧炕取暖的

儿时的秦世俊

儿时的秦世俊

平房。

平房对面，每家都会有一间小屋，是储存白菜、土豆等过冬菜的地窖。大人们每次进去，都会先点一根蜡烛，蜡烛若熄灭了，证明地窖内的二氧化碳含量高，人得赶紧出来，否则会有生命危险。

曹焕琴一到冬天，就会将一大家子的过冬食物放入地窖。小孩子容易对陌生的事物产生好奇心，神秘的地窖就对秦世俊有着莫大的诱惑。他多次设法想从母亲身上偷到那把地窖的钥匙，去打开他的探险之门，但屡屡被母亲察觉而没有得逞。

后来，邻居家的地窖陆续出现了几起二氧化碳中毒事件，有的通过抢救脱险，有的则永远告别了人世，童年的秦世俊这才彻底打消了想去地窖冒险的念头。

秦世俊家是大家庭，爷爷秦振铎早年从山东来到哈尔滨，最初在街头烤面包谋生，后来靠着聪慧和苦学考进了公安系统，成了公职人员。秦振铎结婚后生了 3 男 1 女，秦永刚排行老三。

儿女们相继成家，但大家庭依然是温暖的港湾。不久，秦永刚与弟弟住的平房碰上拆迁，分了两套各 60 平方米左右的房子，秦永刚又把自己的那套房子让出来给父母住，自己带着老婆孩子住进了已成旧房的鸳鸯楼。

两次搬家，新房总是先让父母住，秦永刚骨子里有着浓浓的孝老情结，也给秦家孩子们树立了榜样。一家人聚餐，爷爷不率先举筷，后辈们的手都不敢放上餐桌。

秦振铎最爱说的一句话是：人要有志向！后来，这句话就成了秦永刚对儿子秦世俊的耳提面命。

秦世俊坦言自己受父亲影响极深，直到现在，父亲依然是他最崇拜的偶像。

父亲却没有多少时间陪伴成长中的孩子，他是单位的车工，每天都泡在车间里进行技术攻关。

1970 年，正逢知识青年“上山下乡”高潮。年轻人都下乡去了，哈飞却面临着后备力量缺乏的困境。于是，哈飞面向社会举行了一次公开招工。

就在那次招工中，刚从哈尔滨市第八十八中学初中毕业的秦永刚成了哈飞的一名学徒。

其实秦永刚是可以顶父亲班进公安系统工作的，但他不愿意。他的哥哥姐姐也不愿意，他们都愿意当一名工人。

父亲支持秦永刚，说：“年轻人到工厂里学一门比较精的手艺，对国家、对自己都有好处！”

学徒三年后，秦永刚正式上了车床。那天，他围着车床转了又转，像一个战士终于拥有了钢枪，快乐的心情让他不由自主地掏出兜里心爱的口琴。但刚吹了一个调，就意识到是在上班时间，他连忙又放了回去。

那时哈飞还没有数控车床，都是普通车床，这更考验车工的动手能力。秦永刚是真喜欢车工工作：把一个毛坯车成直升机上的零件，是多么有成就感的事情。

车间里有好几位令秦永刚佩服的老师傅，他们都堪称车工界的高手。徐世程师傅是省级劳动模范，他发明的一刀多刃技术，使过去需要多把不同车刀才能完成的外形、侧面、沟槽、螺纹等的加工仅用一把刀就能拿下；而刘仁海师傅虽说是个车工，但车刀、镗刀都能磨，磨出来锃亮锋利，刀刀好使。砂轮以软克硬，在砂轮上磨刀，可是个技术活。

身边的能工巧匠更激发了秦永刚对技术的喜爱，特别是加工难度大的零件。他甚至不希望下班，总是赖在车床旁，一遍一遍地操练手艺。

有次加工滑筒没完成，到下班点了，师父手套一脱，说："明天再继续吧！"秦永刚在车床边却不愿走，便求师父让他加班干下去。师父一听瞪圆了眼，说："小子，你知道零件多贵吗？要是车废了，你连工作都会丢掉的。"

秦永刚心里有十足的把握，说："相信我，师父，一定能做好，做不好我独自承担责任。"

师父拗不过这个认真的小伙子，只好千叮咛万嘱咐后才离开。

那晚秦永刚独自在车间里工作了 5 个小时。天微微发白的时候，他的"作品"终于圆满完成。次日，来上班的师父站在秦永刚加工出的零件前，像在欣赏艺术品。那时那刻，秦永刚对职业的热爱达到了顶峰。

法兰盘是直升机升力系统上的一个零件，它的直径和厚度是两个重要的尺寸参数，直接影响到法兰盘的承载能力和连接强度。有一次秦永刚接到任务的要求是，法兰盘的厚度必须在 3 毫米 ±0.05 毫米之间。

车床上加工的普遍都是圆形零件，小于5毫米的厚度过去从来没有达到过，通常是难以完成的事情。现在，秦永刚要想办法做到，因为他喜欢挑战。

一连多日秦永刚守在车床旁，不是对着图纸苦思冥想，就是在车床上鼓捣。加工特别薄的零件，成功率是很低的，因为刀一受力，就很容易被顶到对面去。

一个奇想忽地跃入秦永刚的脑海：能否两面用刀？用两把车刀切削，受力均匀，又能达到车薄的效果——这方法应该能使。他一拍大腿直起身，赶紧行动起来。

果然，这方法真的好使。不仅零件达标了，秦永刚为此还获得了公司的攻关奖。

有一次，一个班组加工的毛坯有9件，却已被做坏了8件，无奈之下只得找到秦永刚，请他出手相助。

这是属于工装设备的一个大件，镗口精度要求非常高。秦永刚又不眠不休了几个日夜，终于成功破解了这个难题。这让他再次获得了公司的攻关奖。

“儿子都4岁了，却还没看过我工作的地方。”职业的自豪感，让秦永刚感觉有必要带小世俊去见识下厂房、车间，还有令他骄傲的车床。要从小培养儿子对工厂的热爱，对航空事业的热爱，对……秦永刚被自己走得有点远的思绪吓住了——难道以后要让儿子当工人？他不能去读大学后，成长为一名科学家？不能去当兵？不能到政府机关里做一名公务员？

但是，像自己一样当个工人不也很好吗？谁都不想当工人，那航空报国的梦想怎么实现？三百六十行，行行出状元！国家需要千千万万名青少年成长为工人。

秦永刚说服了自己。

正值冬日，穿得鼓鼓囊囊的小世俊被父亲牵着手走进了哈飞，走进了车间。看见父亲拿根大铁棒在车床上加工，他兴奋得在原地直蹦高。

儿时的秦世俊

“离远点！”父亲大声提醒儿子，他哪里还听得到？一双乌黑的眼睛早被面前璀璨的小钢花迷住了。

车出来的钢屑像彩花一样飞，一下子就蹦进了小世俊的毛线脖套——那可是妈妈一针一针编织出来的，漂亮极了！瞬间，脖套冒烟了。秦永刚慌忙关掉机器，赶紧帮儿子解下脖套，用手使劲扑打那些欲燃的星星火点。

小世俊却像没事人般，仍然围着父亲问个不停：“爸爸，你拿那根大铁棒在上面干啥呢？”

秦世俊和父亲秦永刚

“我在车它呢。它是直升机上的一个零件。”

“不对！这明明是孙悟空的金箍棒。”1986 年的电视机上，可是每天放着小朋友们喜欢看的《西游记》。

小世俊又指着车床旁一桶白白的液体，问：“爸爸，这是什么呢？”

“是冷却液。”

“不对，它是糖奶。”

秦永刚被孩子的稚气惹笑了，索性将孩子抱了起来，举到车床边，说：“看看，这个就叫车床，我们用里面的刀加工直升机上的许多零件……”

小世俊打断父亲，疑惑道：“刀不是切菜的吗？”

“刀有许多种，切菜的叫菜刀，车床上的刀叫车刀。”秦永刚给孩子一一讲解车床的构造，上面的零件分别会装到直升机的哪个部位等，也不管孩子能不能听懂。临了，他还不无自豪地对儿子说道：“除了车床，还有镗床、钻床、铣床等，爸爸都会。直升机上需要加工的上千种零件，爸爸几乎都做过。”

“啊？”小世俊张大了嘴巴，又问，“爸爸，你怎么这么厉害？毛毛长大了也要学！”

秦永刚一阵惊喜，追问道：“毛毛要学什么？车工？镗

秦世俊父亲秦永刚

工？钻工？铣工？”

“全都学！”小世俊摸着断电了的车床，大声说，“要学车工、镗工、钻工、铣工，要像爸爸一样有本事！”

……

我一直以为，立志固然重要，但人生之志是需要被唤醒的，特别是在年少懵懂的时候。那个时候，父母的影响非常重要。

下班回家的路上，秦永刚左手牵着儿子，右手掏出口琴吹了起来。

那旋律自秦永刚从进厂时吹起，一直吹到现在。儿子对车床表现出的兴趣，让他心生欢喜，他要用口琴来表达心中充溢的快乐。

他吹的曲子名为《我们走在大路上》，它的歌词是这样的：

我们走在大路上，
意气风发斗志昂扬，
共产党领导革命队伍，
披荆斩棘奔向前方。
向前进！向前进！
革命气势不可阻挡，
向前进！向前进！
朝着胜利的方向。
革命红旗迎风飘扬，
中华儿女奋发图强，
勤恳建设锦绣河山，
誓把祖国变成天堂。
向前进！向前进！

革命气势不可阻挡，
向前进！向前进！
朝着胜利的方向。

我们的道路洒满阳光，
我们的歌声传四方，
我们的朋友遍及全球，
五洲架起友谊桥梁。
向前进！向前进！
革命气势不可阻挡，
向前进！向前进！
朝着胜利的方向。
我们的道路多么宽广，
我们的前程无比辉煌，
我们献身这壮丽的事业，
无限幸福无上荣光。
向前进！向前进！
革命气势不可阻挡，
向前进！向前进！
朝着胜利的方向。

秦永刚接受采访的那天，特意带来了那个陪伴了他几十年的口琴。他已是 71 岁的老人了，但一米八的身躯依然挺拔，浑身散发着中国工人的气质。举手投足间，似乎都能把人带回那个同甘共苦、奋发图强的火热年代。

秦永刚又吹起了《我们走在大路上》，琴声里充满了生命的昂扬，听不出一丝岁月的褶皱。

第二章 上技校，当工人

曹焕琴果真成了一名画家。

因为爱写写画画，文化馆领导听说了这个人才，便慕名到排水队来找曹焕琴。文化馆主管电影院，当年的电影海报可不像现在这样印出来，一笔一画全是美工画出来的。

电影院要上映新电影了，需要一幅巨型海报，但现有人手明显不够。就这样，曹焕琴被借调到了文化馆。因为能力突出，文化馆后来干脆将她正式调了过去。从此，曹焕琴告别了掏淤泥的工作。

单位虽换了，她的时间却仍然紧张。孩子她一个人管，孩子爹依旧没日没夜地在车间里忙活。

秦世俊上初中了，开始有了晚自习，每天回家吃完母亲做的晚饭，又要匆匆返回学校。

那天回家，香喷喷的饭菜像往常一样摆在了餐桌，但妈妈不在。正在长身体的孩子都不扛饿，秦世俊端起饭碗就开始狼吞虎咽，嘴里还含混不清地喊着“妈”。母亲果然在里屋应答了他，他也没多想，更没进屋，时间来不及了，嘴巴一抹他便往学校去了。

晚自习回来，家里竟然站了满屋的人，中间还有两个穿制服的警察。他惊了，冲了进去，发现母亲面容虚弱地躺在床上。

“这是咋回事？”他大声喊，全身都紧张起来。

原来，曹焕琴骑着自行车下班的路上，被对面来的小车给撞了。当时她被撞得在空中翻了几个跟头，最后才落到十多米远的地上。她奇迹般艰难地爬了起来。在给赶过来的警察留下家庭地址后，她便拖着一身伤回家了。她怕秦世俊回家没饭吃，要赶回家做饭。

她硬撑着做好饭后，又怕秦世俊知道了影响他学习，便躲进里屋连呻吟声也不敢发出……

这次车祸造成了曹焕琴的肩颈永久性错位和头疼的后遗症。从此，她的右手再也无法高高抬起。

“毛毛，你爸爸正在赶急件，千万不要去打扰他！”秦世俊要打电话给父亲，曹焕琴坚决不许，“你要知道，爸爸是航空人，做的都是国家安排的重要任务。我们要支持他，不能让他分心。”

闻讯赶来的姨妈和舅妈也在一旁说：“毛毛，你好好读书，你妈有我们照顾呢。”

秦世俊父母在飞机模型上合影

秦永刚在哪里？他已有一天没回家了，一直在车间。

车间接到了临时生产任务，原需要至少一周才能完成的产品，现要求在两天之内完成。这无疑是对车间加工能力的一次严峻考验。

面对艰巨的任务，全车间上下迅速行动起来。车间主任开会进行了动员，并成立了突击队，已是工段长的秦永刚是突击队的一员。

时间紧，任务重。车间里挂起了大红横幅，上面写着：苦干，实干，加巧干。机床 48 小时不停轰鸣，工人、工程师、技术人员、后勤人员 48 小时在车间来回穿梭。有的聚精会神地操作机床，有的对着图纸在激烈讨论……车间，成了没有硝烟的战场。为了赶制出国家需要的优质产品，大家拧成一股绳在奋战。

两天后，秦永刚踏出车间门时，发现外面的水沟已经冻成了冰。寒风吹来，他却无比畅快。他们终于用两天时间按时、圆满地完成了生产任务。

秦世俊记得，自己的童年时代，父亲仅带他去公园玩过一次，不，应该只能算半次。

去公园的那年，秦世俊已上小学二年级了。秦永刚正逢生病住院，动了小手术，刚恢复一点点，就下决心一定要实现孩子希望父亲领着逛一次公园的愿望，否则上班后又没时间了。

儿童公园里，秦世俊第一次坐上了小火车。夏天来了，和风吹拂着小世俊黑油油的头发，也鼓荡起了父亲的白衬衫。小世俊在小火车上开怀大笑，并大声呼唤一旁跟跑的父亲。小世俊并不是为了喊父亲而喊，他不过是想吸引周边小朋友的注意罢了。——“看，我也有爸爸带着出来玩呢！”

天知道秦世俊是多么享受父亲带他玩的感受啊！那感受令他温暖、自信、勇敢、阳光！

可父亲的身子忽然摇晃起来，脸上慢慢沁出了汗珠。然后，他痛苦地捂着肚子蹲了下去。工作人员赶紧将小火车停了，秦世俊飞快地跑回父亲身旁。

术后的秦永刚并未复原彻底，他实在强撑不下去了，只得又返回了医院。

躺在医院床上，秦永刚跟儿子说对不起，连小火车都没陪他坐完。秦世俊却懂事地帮父亲掖紧被子，表示他今天已经很高兴了。

父亲陪伴秦世俊的日子确实太少了，但他很小就有的骄傲和自豪都来源于父亲。父亲在秦世俊心目中的形象是高大的——父亲本就高大，即使到秦世俊成年，他一米七六的个头也未能超过父亲的身高。

在哈飞子弟学校的班上，同学都称呼秦世俊为劳模的儿子。父亲连续 6 年被评为公司级劳动模范。每年哈飞文化馆外墙上，都有公司为表彰劳模立的 5 米多高、2 米多宽的巨幅油画像，其中肯定有自己的父亲。这难道不足以令一个儿子骄傲，并将父亲永远当作自己心中的英雄吗？

秦世俊父母合影（一）

但在家中，母亲称父亲为“劳磨”。平常秦永刚起早贪黑地忙工作，家人很少能见到他。大家庭年节聚餐，他总是最后一个到，到了还要躲到房间里摊开图纸继续写写画画。

“菜上桌了。”母亲唤父亲。

“马上马上。”父亲在房内回答。

“菜快凉了。”母亲又唤父亲。

“马上马上。”父亲依然如此回答，却半天不见人影出来。

母亲说：“这么磨磨蹭蹭，我看你不叫‘劳模’，叫‘劳磨’得了。”

一大家子人全都笑了起来。笑归笑，但大家都以秦永刚为傲。

那时的秦世俊，并没有想到以后的他也会成为父亲及大家庭的骄傲。

秦世俊初中毕业时，病重的爷爷发话，要大家庭开个会，商量孩子到底是考技校、考高中，还是去当兵。

这个会其实无所谓开不开，因为大家的意见出奇地一致：去考技校，而且要考哈飞的技校。

“我是哈飞的工人，没有其他能力报效国家，只有在尽全力做好本职工作的同时，让自己孩子也爱上这一行。”秦永刚说出之所以这么选择的初衷，“公司当时的经济效益并不好，年轻人觉得进厂薪水低，没前途，都想往南方去。所以，哈飞的后备力量一直不足。”

哈飞能发展到具备整机制造规模的今天，是靠一代代航空人的艰苦奋斗和不懈努力，秦永刚始终以能成为航空装备制造业的一员而自豪。

儿子能子承父业，像他一样继续航空人的荣耀，像他一样以在机床上加工更多合格零部件以适应整机运行要求为目标，像他一样心里装着任务、脑子里想着如何又快又好完成任务的方法，在平凡岗位上建功立业……是他从小就对儿子寄予的希望。

秦世俊愉快地接受了长辈们给他做的选择，于 1998 年 9 月如愿以偿地考进了哈飞工业技工学校。

秦世俊被分到模具钳工班。技校学习远比初中生活有趣，在老师的带领下，他们学会了画图、制图。秦世俊热衷于立体产品的剖面图制作，为了帮助他更直观地了解产品的各个剖面，父亲特意找来一个土豆，将它切成两半，削成三角形、圆形、方块等一个个实体图形。这种生动而立体的教学方式，不仅让秦世俊一看就懂，而且对制图的兴趣也愈加浓厚。

秦世俊的毕业作品是锉出一个对配的燕尾槽。

燕尾槽是一种机械结构，因槽的横截面呈倒置的等腰三角形，状若燕子尾巴而得名。

秦世俊要加工的是钢铁材料的燕尾槽。他知道锉刀要端平拿稳，可大板锉、组锉等怎么组合，就需要技术了。为了临场发挥好，他提前来到父亲的车间，向一位老钳工

秦世俊一家三口合影

师傅请教。老师傅说："这还不容易？要你爸找数控铣加工一下，一切就解决了。"

秦世俊老老实实地找到父亲，将老师傅的话复述了一遍，不料却遭到父亲一顿猛剋。

"现在就想投机取巧省力气，以后怎么能学到真本事？"父亲非常生气。

生气归生气，父亲还是带着秦世俊又来到那位老师傅身边，很客气地请他教一下儿子。老师傅爽快地答应了。

具体怎么加工燕尾槽？技校老师的教法是先画线，然后锯，再锉削。而钳工老师傅教秦世俊的办法则是先画线，排孔，然后钻孔，锯除余料，进行锉削加工。

秦世俊第一次发现实践中得出的经验远比课堂上的理论好使，而且效率更高。

考试如期进行，秦世俊在众人的注视下，不慌不忙地开始了操作。4 个小时不到，一个漂亮的对配燕尾槽就在他手里诞生了。老师非常满意，他取得了全班第二名的好成绩。

在技校学习两年半后，剩下半年，学生们要进厂实习。

想到要与技校的同学们一起跨入哈飞的大门，秦世俊心里充满了莫名的快乐和憧憬。其一，动手操作对他有莫大的吸引力，下车间就意味着动手机会将成倍增加；其二，甫一进厂，就能看到右侧宣传栏内公司劳模戴着大红花的照片和事迹介绍。他是否要指着父亲的照片，大声对同学们说“这是我的父亲”呢？

秦世俊想自己肯定会说的。那样的场景，想想都令他骄傲和快乐。

秦世俊父母合影（二）

第二章 父亲给了一巴掌

哈飞的实习生活并没有秦世俊想的那样美好，他遇到了挫折。

秦世俊被分配在53车间实习，53车间还有一个名称，叫模具厂。

车间里摆放的都是大块头模具，成本极高，轻易不敢让实习生动手。而车间里的钳工师傅们，操作时以风铣、电刨等气动、电动工具居多，很少用到锉刀。除了锉刀，其他工具别说会使用，秦世俊连见都没见过。

车间领导见学生们不能上手实际操作，就安排他们干搬运零件的力气活。每天与同学推着沉重的加工件在布满油污的坑洼水泥地上走，技术也学不到，秦世俊很沮丧。

实习不管饭，更没工资，有些胆大的学生就悄悄地溜到感兴趣的车间去偷师学艺。11 车间和 14 车间都是机械加工厂，产品小，关键师傅还在用锉刀，这让他们感到亲近。

秦永刚就是 14 车间的工段长。他见孩子们如此，也替他们着急，便带着包括秦世俊在内的几个学生到钳工组与师傅们交流。孩子们人人穿一件父辈穿过的旧工作服，认认真真地站在机床旁看老师傅们怎样娴熟地运用锉刀。

但看完了，大家还得回到 53 车间实习。日子难挨的同时，秦世俊了解到 53 车间管辖的汽车厂，因为哈飞生产了松花江、赛马、路宝等小车，所以经济效益非常好，在那儿上班的人每月能拿到八九千元不等的薪水。而与制造直升机有关的这些老厂，如 11 车间和父亲所在的 14 车间，效益都不咋样，平均月薪只有一两千元。那时，街面上营业的店面，只要看到穿着汽车厂工作服的工人上门，便会说一声“有钱大爷来了”，出去都倍有面儿。

年轻人的思想在悄无声息地发生着变化。

2001 年，半年实习期满，秦世俊被分到了 15 车间数控工段当铣工。

15 车间其实就是原来的 11 车间和 14 车间，现在合并到了一块。

秦世俊很想去汽车厂，学不到技术，能赚到钱也是好的。但他的想法遭到全家人的反对，连母亲也不同意。大家的一致意见是，只有老厂才能学到技术。除了父亲在哈飞，大家庭里还有好几个人都在哈飞工作，他们深知一技在手的重要性和长久性。

虽然想去汽车厂上班的想法非常强烈，但秦世俊还是按捺了下去。他不是个违逆父母意愿的孩子。

在技校连数控机床都没见过，现在却被分配到数控工段，而且是当铣工，这着实令秦世俊懊恼。

当时的工厂里流行这样一句话：车工王八铣工龟，钳工大爷坐着推。车工、铣工、钳工，只有钳工是能坐着操作的，技术上的地位和工种的优势高下立判。

学模具钳工而且还在技校考了专业第二名的秦世俊，被分到车间当铣工，他心中的落差可想而知。

车间数控机床的生产任务特别繁重，只会模具钳工的秦世俊和几个新人没有分配到师父和操作机台，只能帮师傅们打打下手，干些装卸零件的体力活。

那段时间，扫地、擦地、擦机床、给师傅们端茶倒水等活，成了这些技校生的工作。比他们早一年来的大学毕业的师哥师姐们，觉得技校生掌握的专业知识太少了，言谈之中不经意间流露出瞧不起的神情，这不免让秦世俊的自尊心受挫。

秦世俊进行机床操作

师哥师姐们在数控机床的电脑控制屏上娴熟操作，手工至少需8分钟才能搞定的零件，2分钟就被他们加工好了。看着他们的操作，秦世俊眼花缭乱，却又不得要领。啥也不会的他更沮丧了，同时又产生了隐隐的自卑。

那段时间，秦世俊在单位陷入了无人管、无人教，甚至找不到朋友倾诉的窘境。每天单调乏味的工作和缺乏交流的环境，让内心压抑的他在不知不觉间沉迷上了网络游戏。

下班回家，秦世俊第一件事就是打开电脑，进入游戏页面。投入惊险刺激的游戏场景中后，秦世俊便会慢慢忘记工作中的烦恼和孤独。那个虚拟的世界，成了他逃避现实的避风港。

母亲知道孩子的苦闷，也曾与丈夫商量过，是否找关系将孩子调到汽车厂，但被丈夫拒绝了。儿子已经开始在游戏中寻找乐趣，却是秦永刚不知道的。

秦世俊对父亲还是有所忌惮，游戏玩得再入迷，他也会在父亲晚上12点下班到家前匆匆地关掉显示器，拉灭电灯，假装已经入睡。

有一晚，秦永刚破天荒地早回来一个小时，听到楼道里传来的脚步声，秦世俊吓坏了。他赶紧关掉电脑，拉灭电灯，手忙脚乱地爬上床铺躺好。

秦世俊听到了父亲的洗漱声，他的房门被推开又被合上，然后是父亲卧室的关门声，“哦，平安无事了！”他抿着嘴无声地笑笑，拍拍胸口，调整一下呼吸，一挺身下床又坐到了电脑前。

秦世俊的注意力全部聚焦到了游戏中，丝毫没听到父亲靠近房间的脚步声——他被抓了个正着。

父亲站在那里，如一座山般，高大威严。被吓了一跳的秦世俊坐在那里，动也不敢动。

“白天上班不专心，晚上还睡这么晚，第二天哪起得来？哪有精力工作？赶紧！赶紧睡觉！”父亲从没呵斥过他，这是第一次。

秦世俊乖乖地关掉电脑，在父亲严厉眼神的注视下，再次躺到床上去。

父亲出去了，帮他带上了门。

秦世俊哪睡得着，游戏里的巅峰决战眼看马上要赢，他岂能拖己方队伍的后腿？

辗转难眠的秦世俊怀着侥幸的心理，鼓足勇气又坐回电脑前，重返游戏中的战场。他一边“厮杀”，一边在心里暗想：“这一次如果再被父亲发现，就算求他，我也要把这场战斗坚持到底。”但房间门一直没有被打开，他的心中掠过一丝窃喜，想着吉人自有天相，今天游戏中的对决肯定能赢。

就在秦世俊和队友们发起冲锋的关键时刻，显示器突然变黑，整个房间陷入了无边的黑暗。

原来，父亲将电闸拉了。

心中充满不甘和无奈的秦世俊，只好悻悻地回到床上睡觉。那夜，他充满了对父亲的怨怼和对游戏的不舍。通宵没有睡好的他，果然如父亲所说没有准时起床。母亲叫了秦世俊两次后，他才起来匆忙地洗漱。

吃早饭时，秦永刚再次批评儿子，说：“沉迷游戏不仅影响工作，还会使你玩物丧志。”本就对父亲窝着火的秦世俊，将饭碗一推，站起来扭头就走。见儿子完全不当一回事，秦永刚边气急地说道：“我跟你说话呢！”边甩手一巴掌朝儿子打去。秦世俊用手一挡，那一掌便落到了他的胳膊上，生疼生疼。

一家三口愣在那，瞬间都被发生的这一幕惊呆了。

秦世俊回过神来，含着怨气，转身跑出了家门。

这是秦永刚第一次打儿子，也是唯一的一次。

那晚，秦永刚破例没有加班，几乎与儿子同时回到家中。他去厨房看了下曹焕琴做饭后，便走近沙发上坐着的儿子。

虽然不想搭理父亲，但父亲走到自己身边了，秦世俊还是礼貌地站了起来。

父亲的手揽住了儿子的肩，开口道：“早上我不应该那么冲动地动手打你，我错了！”

秦世俊没料到父亲会主动地给他道歉，一时不知怎么接话。

父亲不仅是全家的骄傲，更是他的榜样，他心中的神。父亲怎么能向儿子赔礼道歉呢？虽说心里埋怨父亲动手，但男孩子皮糙肉厚的，被父亲教育不是很正常吗？

秦世俊突然意识到，父亲不仅是他的榜样和骄傲，更是一个有血有肉、会犯错误也敢于承认错误的人。父亲用自己的行动告诉他，男人要有勇于承认错误并改正它的能力。

那晚，父子俩敞开心扉，促膝长谈到深夜。

“你模具钳工技术学得好，技校老师都认可你，但到了数控车间就感觉无用武之地，所以工作起来很被动，这是正常的。”父亲其实明白儿子的苦闷，他继续说，“你一定要相信，有过硬的技术，肯定只会对你的实践操作有大的促进作用，而不是反作用。”

“并且数控是未来发展的趋势，你不好好学，怎么能实现造直升机的梦想？”父亲笑着偏头望向儿子。

是的，造直升机是秦世俊从小的梦想。那时被父亲带到车间加班，看到父亲和他的工友们加工零件像变魔术般，一个个大铁块在他们的操作下成了形状各异的零件，然后再将这些零件组装到一起，就成了一架能在天空飞翔的直升机。小小的他觉得父亲太了不起了，回家的路上，他就对父亲说了一句小大人般的话：“我长大后也要造直升机，为我们国家的航空事业作贡献。”

如今，秦世俊已经进入哈飞工作，虽然工种发生了变化，但造直升机的梦想还是能够实现的呀！

谈话中，父亲不时提到的男人、家庭、责任、担当几个关键词深深地刻进秦世俊的脑海中，使他醍醐灌顶，把他从浑浑噩噩中唤醒。

与父亲互道晚安后，秦世俊又失眠了。但他不再是“为游戏而狂”的失眠，而是陷入了深深的思考和反省中。

父亲是厂里厂外被人交口称赞的劳动模范，他决不能给父亲丢脸，即便是自学，也要把数控加工技术学到手。

秦世俊决定从明天开始换一种工作态度，一定要以饱满的热情和专注的态度投入工作中去。只有这样，才能不断提升自己的专业技能和综合素质，才能有望实现自己造直升机的梦想。

秦世俊相信，在父亲的教诲和榜样作用下，他是能够在工作中取得成绩和进步的。

第二天，秦世俊骑着自行车去上班，有了久违的轻快心情。早晨的阳光洒落在他的肩头，他发现春天已经在街头的树枝上发芽，也在湖畔中茂盛生长。

第四章 自学磨刀

在数控车间，秦世俊主要从事直升机升力系统和起落架系统的关重件加工生产工作。对数控操作一窍不通的他，一时难以找到突破口。

他决心从最基本的学起。

站在正工作的老师傅旁偷学手法是需要勇气的，他豁出去了，只要人家不撵他走他就不走，顺带还眼尖手快地帮老师傅递个扳手或找个压板螺丝什么的。

有一次，秦世俊发现一位老师傅在磨削镗刀。磨削镗刀是手工操作，技术含量特别高，有很多年轻的工人是做不了这个事的。

秦世俊想：“若我把这门技术学会，车间师傅们保准能对我刮目相看。”

秦世俊走上前去，鼓足勇气对老师傅道：“师傅，请问您能不能教我磨削镗刀？”

老师傅仍没停下手里的活，快速瞥他一眼，说：“你一个小娃子，才进厂几天？不学数控机床的操作，学什么磨削镗刀！”

老师傅不搭理他了，秦世俊却并未走开，仍厚着脸皮在旁边看。

老师傅明显有点儿不悦，身子偏过去，不想让秦世俊看。这也难怪，工匠的手工绝活大多是靠自己在漫长的岁月中积累得出的经验，特别是老一辈的工人，在这点上都有些保守意识。

这招行不通，秦世俊就想别的办法。他拿着老师傅手工磨的刀具与没磨过的刀具相互比较，仔细琢磨削与口连接处的区别，自己利用晚上的时间悄悄地学着磨。

磨了几次后，对成品自我感觉良好的秦世俊，兴冲冲地拿着刀具去请老师傅指正。满以为能得到一个大大的夸赞的他，却自讨了个没趣。老师傅接过刀具一看，勃然大怒道："你这磨的啥玩意儿？这刀能干活吗？"顺手就把它扔到了垃圾车上。

老师傅嗓门大，呵斥声全车间人都听到了。大家的目光齐齐地朝秦世俊扫来，还有人忍不住偷笑。

秦世俊大窘，恨不得找个地缝钻进去。

下班后他跟父亲提起此事，父亲说："你把磨刀这事看得太简单了。你只看到师傅拿那个镗刀在砂轮前面磨来磨去的表面，其实这个活技术含量非常高，单单磨刀方法就有十几种之多。有的师傅是穷尽几十年的摸索和努力，才达到今天的高度，岂是你一朝一夕能学到的？"

"别人越是嘲笑我，我越要将这门本领学会！"想到车间里的场景，秦世俊很不服气。

"这话我爱听！工作中就要有股不服输的劲头。只要下了苦功，就没有什么技术是学不会的！特别是手工操作，只要多次实践，总能悟到窍门。"父亲鼓励秦世俊，教了他一些磨镗刀的要领，包括拿的姿势、选用的砂轮等，又不忘叮嘱道，"砂轮上有化学成分，磨刀时要格外小心，稍不注意伤到皮肤，伤口就很难愈合。"

那段时间，秦世俊把对游戏的兴趣完全转移到了磨

秦世俊工作中

刀上。

对，从此以后他再也没玩过游戏了。

数控车间有个封闭的小房子，那房子就是砂轮间。从此之后，秦世俊每天都会在里面待上几个小时。正常情况下，砂轮片至少每月才更换一次，自从秦世俊迷上磨刀后，砂轮在他手下一周就换掉了两片。

工作时，砂轮表面的颗粒状磨屑会因摩擦力而破碎脱落，从而产生大量的粉尘。秦世俊双眼经常被粉尘迷得通红，嗓子也被呛得直咳嗽，从头到脚全是黑灰。他每天盯着飞速旋转的砂轮，抬头时就会感觉天旋地转，浑身不适。

有一天秦世俊磨完刀走出来，众人看见他都笑了。他不解，往自己脸上抹了一把，大家笑得更欢了。纳闷儿的他跑到更衣室镜前一瞅，好家伙，满脸厚灰，手抹了一下，更让自己看上去像个滑稽的小鬼了。

“自学磨刀有收获吗？”我问秦世俊。

“有啊，收获多着呢！”他肯定地回答，接着从机床旁的工具柜里拿出一个箱子。箱子开处，可见满满卷边卷角的学习笔记本，目测有几十本之多，直立堆积应有半米之高。

秦世俊抽出其中一本，只见上面密密麻麻地写着磨削镗刀的心得：

车刀切削部分由前刀面、主后刀面、副后刀面、主切削刃、副切削刃和刀尖组成。

镗刀具分多种角度，有前角、后角、主偏角、副偏角和刃倾角。

磨削刀具同时查看尺寸是否合适，拿刀具角度用尺量不太方便，用手作参照物较直观，通过光隙法可检查刀具角度。也可通过窗台水平面、墙柱垂直线等身边的物体当参照物，比照刀具角度。

拿刀姿势或手法：左右手同时用，右手食指起到轴的作用，右手拇指压刀具上表面，左手上下撬动，以此起到杠杆作用，让刀具在砂轮上磨削。

刀具磨的面积大，就用砂轮的侧面。磨角度，用砂轮的正面。刀具磨好后，即便肉眼看似平整，也要进一步修研刀具。

砂轮不规则的话，则需修整，即对砂轮片进行整形和修锐。

……

大概用了一周时间，秦世俊终于磨好了一把刀具。他鼓足勇气再次请那位老师傅看时，老师傅难得露出了笑容，说："不错！这次磨得挺好的！"

秦世俊不知道，在他潜心磨刀的这个过程中，车间许多师傅都在默默地观察他，他的好学和韧性打动了他们。其中有位师傅主动找他谈话，问他是否喜欢数控这个工种。如果喜欢，他将向车间提出申请，把秦世俊调到他的机床，跟他正式学徒。

秦世俊喜出望外，满口答应。从此，他的学徒生涯正式开始了。

师父名为宋广全。

宋广全当年 30 多岁，一米八多的大个子，身形魁梧。他文化程度不高，初中毕业后就进厂了。

开始学徒的时候，秦世俊对宋广全的印象不大好。因为宋广全不指导他，而是给他一个机床让他自己摸索，遇到实在解决不了的问题时再来问他。

宋广全喜欢四处溜达，像甩手掌柜似的。徒弟盲人摸象般地鼓捣机床，能学到技术吗?

但结果是出乎意料的。秦世俊拥有更多实践机会后，反倒比那些生怕出错而不敢轻易让新人上机床的师父带出的徒弟，进步更大更快。

秦世俊后来才知道，师父宋广全是个身怀绝技的人。哈尔滨工业大学曾请哈飞加工神舟飞船阻尼器的零部件，许多人都没干下这活，最后是宋广全独自在车床上把零部件加工出来了。这令秦世俊好生钦佩。

机床醒目的位置处，是刀具选用、配比、参数、编程等标准作业书，宋广全标注得清晰、易于理解，可见他对工作的认真和严谨。

宋广全不是不管徒弟，而是给徒弟创造了更多动手的机会，所谓实践出真知，他深谙此道。何况，他对徒弟非常严厉，万一出了不应有的操作失误，他会不留情面地斥骂。

但宋广全对徒弟的培养方法又是相对宽松的。他觉得，只有让徒弟获得更多独自操作的试错机会，才能相应地积累丰富且铭记终生的纠错与创新实践经验。

宋广全的带徒方式极大地影响了秦世俊，秦世俊在往后的带徒中也像师父一样开放包容，给了比他更年轻的工人一片敢于创新的天空。

秦世俊在宋广全严厉和能容错所创造的工作环境中，

一步一个脚印地成长着。

宋广全经常对秦世俊说："想要熟练掌握数控机床等科技含量高的机器，会制图、编程等，需要更进一步深造学习。"在宋广全的鼓励下，秦世俊于 2001 年考上了成人夜大。他利用两班倒的业余时间，进行数控计算机及应用的三年专科学习。连续三年时间，除了每年除夕休息半天，

秦世俊正在操作机床（一）

其他时间他都扑到了工作和学习中。

学习是枯燥的，其间秦世俊也有想放弃的时候，但宋广全坚决不同意。宋广全说：“我虽初中毕业，但现在只能算个文盲。你要趁着年轻多学习，我们现在的工作离不开数控，学会编程尤其重要。”

车间所有加工产品都需先经编程科编程，再下发生产任务。但这里面有诸多不便，因为编程科技术人员并不了解现场加工刀具、夹具和产品变形的情况，导致加工过程中屡屡出现问题。编程科的办公地点离车间远，赶来现场了解具体问题后，又需返回重新编程。如此反复多次，不但效率低，而且耽误时间。而机床一线操作工人如果自己学会了编程，发现的问题就可以及时得到解决。

秦世俊觉得师父言之有理，便打消了辍学的念头，继续完成夜大的学习。

秦世俊发现学会编程后，就像司机熟悉了道路，哪个地方直行，哪个地方有弯道……脑子里路线清晰，会提前设有预判。

秦世俊把学习的新知识融入工作中，又把实践中遇到的问题带回课堂上，与大家一起讨论解决的最优方法。

夜大老师非常欢迎这种方式，表扬秦世俊能用所学指导实践，不仅能将知识有效地应用到实际操作中，同时又能通过实践来验证和深化知识点，做到理论和实践的有机结合。

2003 年，是秦世俊就读成人夜大的第二年，真正考验他技术的一次机会来了。

但这次机会差点让师父和自己丢掉哈飞的工作。

第五章 『自主走路』的惊险

一次，车间接到一个急件，是运 12（Y12）运输机起落架外筒零件的加工。任务落到了宋广全身上。

因为是急件，没有按产品特征制作专用夹具，通用的夹具又不适合。在宋广全的指导下，秦世俊快速做好了专用夹具。宋广全拿尺一量，非常满意地说："行，就用这个。"

但工艺科编程迟迟未到，打电话去问，对方回答还没分配到人。再问多久能出来，对方说可能要到明天。

没有编程，数控机床就无法知道要执行什么操作。等于开车没有导航，司机不知怎样才能到达目的地一样。

宋广全急得团团转，一眼瞥见秦世俊，对着他一拍脑袋道：“小子，你不是一直在学编程吗？刀刃上见功夫的时候到了。你给我赶紧编个程序，看能不能用。”

秦世俊立马行动起来，没多长时间就把程序编好了。宋广全给了秦世俊几个铝块试件，要他照这个编程加工试试。铝块加工出来，宋广全用尺一量，数据与图纸尺寸完全吻合。他高兴地大手一挥，说：“挺好！就用你的程序加工。”

能得到这样的机会，秦世俊喜出望外。但他又有所担心，不按工艺科编程做，万一出了问题咋办？

宋广全似乎猜透了秦世俊的心思，又是大手一挥，说：“出了问题我负责！你总要有自主走路的一天。”

直至今日，秦世俊都感恩师父宋广全敢于起用新人的勇气和担当精神，他不束缚年轻人的成长，善于激发潜藏在年轻人身体中蓬勃的创造力。

第一次亲自编程，第一次按照自己的编程加工出来第一个零件，秦世俊心里美滋滋的。加工完后的零件外表光亮、圆滑，他捧在手上，如同父母欣赏自己的新生孩子般爱不释手。

“太有成就感了！”秦世俊欢快地狂喊着，“我爱数控机床！我爱编程！我爱航空工作！”

宋广全严格检查秦世俊完工的第一件产品后，着实放下心来，说：“干吧！”安排秦世俊继续加工剩下的 19 个产品，自己先行走了。

检验科应邀来对加工件进行检验，秦世俊把一个零件递到他手中。

检验师看着，一个劲地摇头道：“成废品了！”

秦世俊一惊，又抱着侥幸心理道：“您还没量呢！”

“不用量，我只要看一眼就知道废了。”

原来检验师是钳工出身，这活是他打磨出来的。加工后的零件最后成什么样，他太熟悉了。

秦世俊固执地要他量一量，检验师说：“没必要量，你若不相信，拿着这零件去装配现场看看以前加工完是什么样的。”

在装配车间，秦世俊发现他加工出的零件确实比之前的产品瘦了一圈。

检验师安慰秦世俊道：“你回去把剩余的件按标准做就行了。”

“那一批我全部加工完了。”秦世俊嗫嚅道，紧张得心里不停打鼓。

检验师一听傻眼了，结结巴巴道：“你，你不知道干完首件要三检吗？你，你师父没跟你说吗？”

秦世俊也吓坏了，老老实实地回答：“昨天首件加工完很晚了，您已下班。活儿急，我师父就安排我先做了。”

秦世俊正在操作机床（二）

“行，我找你师父谈。”检验师脸也白了，明白与这小年轻掰扯不出结果，转身就走了。

不仅师父宋广全被召到了工艺科，连父亲秦永刚也被叫去了。这一大批被秦世俊做坏了的零件不仅是国有资产，而且还价格昂贵。秦世俊很早就知道，损失国有资产不仅会被开除公职，严重的甚至会被判刑。

秦世俊站在原地呆若木鸡，吓得六神无主。

过了许久，秦永刚匆匆地赶了过来，铁青着脸说：“跟我去二楼会议室，把加工情况说一遍。”

“我师父同意我做的……”秦世俊忐忑不安地跟在父亲身后，还想为自己辩解。

“口头说都没用，一定要白纸黑字写着‘同意’才行！我嘱咐过你多遍，做事一定要师父在旁边，要遵守工艺流程。”父亲生气地打断他，“现在说什么都没用！20个零件的大事，车间也解决不了。公司领导正带着设计科人员往这边赶，要开技术分析会。”

二楼会议室，公司领导怒气难抑，对着宋广全和秦世俊就是一顿批评。宋广全把秦世俊拉到自己身后，说：“跟秦世俊一点关系都没有，是我要他做的。”

“这批产品是外购的模锻件，成本特别高，生产周期又长，现在某国领导人订购的飞机正等着这批零件装配呢！你……你们……中外友谊和经济上的损失，你们能弥补得了吗？”公司领导激动起来，捂着胸口极力平复情绪。

宋广全说：“我知道。但事情已经发生了，你们处置我吧！”

“那不行，”父亲站了出来，“秦世俊不遵守工艺流程，也要担一份责任。”

他们讲话的当儿，设计科技术人员一点儿也没闲着，一直在埋头边看图纸边对那20个零件进行测量。良久，技术人员抬起头来，冷静地问检验师：“你是如何判断这批产品报废了的？”

检验师道：“与原来加工完的产品不一样。”

“不一样就等于报废？尺寸你量过吗？”

检验师不吱声了。

稳妥起见，设计科技术人员又弯下腰去，对产品再一次进行测量。他边量边说：“这尺寸吻合，这个也吻合……这个也吻合。都吻合，你怎么判定它们报废了？”

检验师迎着设计科技术人员的目光道：“这个内凹圆弧的两边是与两个外侧圆弧相切，切点是圆滑过渡没有尺寸要求。”

设计科技术人员看看图纸，要他们打张实体零件1∶1的硫酸图来对照。

硫酸图打好送过来，设计科技术人员将它放到加工后的零件上，与加工外形完全吻合，没有丝毫出入。

在场所有人都不敢相信自己的眼睛。

设计科技术人员觉得蹊跷，问道：“这批产品完全合

秦世俊正在操作机床（三）

格，为什么会与之前的产品不一样呢？”

为什么不一样？大家同时产生了质疑：以前的产品是否出错了？

带着疑问，众人将图纸及以前的产品与秦世俊制的图和他加工的零件摆到一起，仔细分析琢磨，得出的结论是：之前加工的产品并未出错，区别是之前的产品在画线时都让了一点，留出了容错余地。

原来，运 12（Y12）起落架外筒零件的加工，之前都是在普通机加工段完成的，从没上过数控机床。因为飞机产品不能出现缺陷，不能薄，为了防止出现闪失，出于担心，普通机加工段画线操作者在第一步按图纸尺寸画线时，有意识地留出空间来；到了铣工工段，铣工也怕加工薄了，又按画线位置多让了一些；到了再下一工段，零件圆弧就会形成锯齿形轮廓，需要钳工打磨。这也是钳工出身的那位检验师觉得不同的地方。

公司领导终于松了一口气，脸上也露出了笑容，话锋大大改变：“我就知道，老宋干活不可能出问题！”

危机已过，宋广全悬着的心终于落了下来，先前主动揽过的他马上推功，指着一旁的秦世俊道：“其实这事我压根儿就没动过手，设计、编程、加工都是世俊独立完成的，我不过是准许了他操作而已。”

秦世俊与父亲在一旁听了，内心充满感动。父亲对秦世俊道：“以后为人处世，你都要向宋师傅学习。他不贪功，敢担责，是一个顶天立地的男子汉。”

第二天上班，秦世俊发现车间门口悬挂的小黑板上内容换了，“安全第一，预防为主”换成了以下文字：

> 秦世俊通过自学编程，不但按时保证了产品交付，并且解决了20多年的技术遗留问题。希望年轻同志向他学习！

写着这段文字的小黑板，在车间门口足足挂了一周。

在车间的关注度得到提升的秦世俊，钻研技术的劲头更大了。那台不会说话又冰冷的数控机床成了他热爱的对象，他觉得它是最真诚的伙伴。只要对它认真负责、精益求精，它就会把一个个零件变成自己倾注心血的得意作品。

是的，将产品变成作品，用劳动创造价值，在工作中寻找成就感，是秦世俊不变的梦想。

付出是有回报的。

2003年10月，中共中央、国务院发布了《关于实施东北地区等老工业基地振兴战略的若干意见》，正式启动东北振兴战略。为了培养、选择高技能人才，哈飞公司抓住政策机遇，掀起了大规模开展青年工人技能比武的热潮。

在车间推荐和宋广全的鼓励下，秦世俊报名参加了技能比武。但他并不抱多大的希望，潜意识里觉得技能等级资格考试大多会论资排辈，年轻人只有当绿叶的份儿。

理论考试结束，秦世俊的成绩位居车间第一。在进行第二轮实际操作考试时，他发现许多老师傅因为理论考试不合格被刷下去了。看来技能比武并不是自己想的那样，但秦世俊对自己的技能还是缺乏信心。

因为实际加工与考试有很大的区别。实际加工时，编程可以慢，有时间仔细核对、编辑和思考加工路线，有纠错和多次试切机会。而考试是现场操作，必须一次性制订最优方案，加工路线选择最快最好的，没有时间让你重来。

实际操作那天，秦世俊的发挥非常不理想，一旁观战的宋广全看得直摇头。

这次实际操作考试，秦世俊以失败告终。

外行看热闹，内行看门道。宋广全看出了并非机械加工专业出身的徒弟在普通机床加工方面经验欠缺。要想学好、学精数控机床操作技术，还得从普通机床加工学起。

之后，秦世俊被安排到了普通机床工段学习。

“一定是自己没考好，师父生气不想要我，才以这种方式把我支走。”想到这里，秦世俊十分懊恼。

第六章 技能比赛与创新激情

2003 年，秦世俊只有 21 岁，虽身材高大，但仍满脸稚气，稍欠成熟。对宋广全安排他去普通机加工段学习和磨炼的苦心不明就里，有误读也很正常。

人生成长不是年岁的叠加，也不是体重的增加，而是志向、心灵、信仰、情感等的多层面成长。

爷爷秦振铎说“人是要有志向的”，父亲反复告诫他“要热爱工厂，热爱航空事业”，宋广全的言传身教等，都在不同阶段打开或唤醒了秦世俊成长路上的人生之志。人生之志，最初受他人激励，之后则需靠自己不断加强。

普通机加工段的刀具怎么选用，工装如何使用，加工评判标准及机械参数如何制订等技术经验，都只能通过实践获得，书本上是找不到的。善于思考的秦世俊摸索出了判断产品加工的独门绝技，即听、看、摸三种方式。

所谓“听”，是通过敲击零件听声音，知道零件是否装夹没有间隙；听切削声音是否尖锐，能知道刀具转速是否过高；

所谓“看”，是加工时仔细观察排屑，由此判断进给是否合适——进给是走刀的速度；

所谓“摸”，是用手摸排出屑的厚度，以此判定切屑量是否准确。

秦世俊称自己总结出的这些“独门绝技”及后来所有的实操心得，都记录在笔记本上。那 40 多本笔记一直都放在车间的工具箱里，成了以后他的徒弟们共享的学习资源。

在数控机床上学习，需近距离观察产品及形态，才能更全面地掌握加工技术。

半个月后，考验秦世俊在普通机加工段所学的机会来了。黑龙江团省委组织了一次技术比武，在公司层面选拔时，秦世俊获得了车间理论和实际操作双第一的好成绩，顺利晋级省决赛。

但决赛更加严格，难度几乎令所有参赛选手猝不及防：理论考试不单有关于数控方面的，还涉及热处理、钣金、钳工等多工种；实际操作考核不是用机床加工零件，而是采用答辩形式，要求参赛者解答问题。

每个参赛选手几乎都来自单一工种，且大多只会干不会说。最后结果出来，大家的平均成绩都不理想。秦世俊双科刚及格，位列全省第六名，获得了“黑龙江省青年岗位能手”的荣誉称号。

人生中的第一个省级荣誉并没能给秦世俊带来多少开心，他与其他选手一样，对这种出乎意料的考试方式心存疑义。

技术比武闭幕式上，团省委领导的一番讲话却彻底改变了秦世俊及其他青年工人的想法，领导说：“一名优秀的操作者，不但要学精自己的工种，还要触类旁通，了解相关专业。只有这样，才能成为符合新时代要求的复合型人才。自己的技能提高了，还要传授给别人。如果只会做，不会说，不能把经验有效地传授给他人，那也称不上优秀的技能人才。”

秦世俊觉得这番话讲得太在理了。作为技术工人，只掌握单一工种的技术是不够的，也是不负责的。不能帮别的工序堵漏不说，因为自己对下道工序不了解，还有可能给下道工序添乱和留下隐患。

秦世俊发现了自己理解的局限性，他觉得世界仿佛在

秦世俊在检测加工零件

他面前打开了一扇大门，目力所及，一片辽阔。

人之所以懂得求索和谦逊，往往在于眼界和见识走出了狭隘。

从那时起，秦世俊对竞技比赛充满了浓厚的兴趣。在以后的日子里，他凭借着一股不服输的劲头，逐渐在技能领域崭露头角，获得了省市级乃至国家级的许多荣誉。

秦世俊最难忘的是 2011 年全国同工种比武选拔赛，那无疑是他职业生涯中的一次重要转折。

初赛阶段，他以扎实的技术功底和丰富的比赛经验，一路过关斩将，以公司和哈尔滨市第一名的成绩成功晋级省级赛。

省级赛上，笔试和电脑操作考试环节，他完成得很好，但在实际操作考试时出现了意外。

作为第一组考生，秦世俊对机床没有进行试运行和摸索机床性能的时间。他在加工过程中，由于参数配比有点高，打破了机床的扭矩极限，动平衡出现问题，导致刀具受损。

尽管机床被迅速修好，但秦世俊的刀具已无法继续使用。大赛规定，同样规格的刀具由于操作失误损坏，是不允许更换的。他之前精心准备的用球头刀具行切加工几个斜面的加工方案和程序全部作废，必须从头再来。那一刻，秦世俊感受到了前所未有的压力。

作为一名已小有名气的高级技师，秦世俊深知这次比赛的重要性。一旦考砸，不仅会影响个人声誉，更会让那些对他寄予厚望的人失望。

时间在一分一秒地流逝，身边的监考人员都在替秦世俊捏着一把汗。心急如焚的他告诉自己必须冷静下来，仔细思考对策。

依靠多年的大赛经验和深厚的技术功底，秦世俊很快制订出了新的加工方案——改用平底刀具进行加工。为了确保精度和表面粗糙度，他计算出斜角的点位，用卡尺先画出加工边界线，再将零件垫高摆斜进行加工。这个方案看起来很简单，但在实际操作中需要扎实的基本功和极高的应变能力。如何在几次装卸零件后准确地找到原点？如何将精度控制在 0.02 毫米以内？这些都是他需要面对和解决的问题。

在接下来的比赛中，秦世俊全神贯注地投入加工过程中。每一次操作都小心谨慎，生怕出现任何差错。他终于按时完成了比赛，并且由于使用平底刀加工，零件表面粗糙度超好，尺寸上还比别人得分高。

考试结束，秦世俊获得了黑龙江省数控技术比武职工组第一名的好成绩。

技能比赛对于产业工人具有重要意义，不仅能展示自我、检验技能，还能开阔眼界、汲取能量。在高手如云的赛场上，他们可以迅速吸收他人的精华和优点，实现自己的跳跃式成长。

从黑龙江省总工会举办的大赛现场回到单位的秦世俊，自我要求更严了。无论是理论知识还是加工技术，抑或是数控机床，还是钳工、热处理、钣金等其他工种，他都认真向师父请教，或在书本和网络上寻求答案。

那年，他们接到了直 9 主起落架外筒腹板的加工任务。

直 9 是解放军陆军航空兵部队装备的首种攻击直升机，是中国航空工业集团哈飞研制的一个重要精品机型。主起落架外筒是飞机上的关键部件，其毛坯为模锻件。由于锻造水平的限制，每批次零件腹板的厚度都有所差异，工人加工难度很大。加之只能依靠手动控制机床进行反复铣削和测量，以保证尺寸的要求，传统加工工艺的方法，生产效率不仅低下，产品质量也极不稳定，经常会因为尺寸超差而报废，给生产进度和成本控制带来了巨大压力。

“我们要蹲在机床上，一点一点去铣削，这是当时通用的加工方法，”秦世俊说，“那时，数控机床完全离不开手工，刀具、加工参数、输入数据、记载数据等都需要手工完成，而且加工及测量都要多次反复，费时费力。”

数控加工为什么要用手动加工？为什么不编程序实行数字一体化加工？秦世俊不解，就去问师父。

师父说：“这个零件的数模和锻造的外形有很大的差异，不能用编程完全代替它。”

“为什么不能想想别的方法去改进？”秦世俊感觉这里面有很大的提升空间，他望着师父不停操作的手，追着问。

师父说：“这是你父亲研究出来的方法，大家使用它都快 20 年了，我们不要轻易尝试改变。而且，零件交付很急，也没时间搞研究创新。”

秦世俊每天干这活，累得大汗淋漓不说，质量还不稳定。他想，一定要自己琢磨琢磨，尽力改变这种方法。

秦世俊决心进行技术创新，寻找一种更高效、更稳定的加工方法来解决这一生产难题。当他兴致勃勃地向经验丰富的师父提出想法时，一向不墨守成规的师父却态度明确，要他打消这个念头。

秦世俊头一回没听师父的话，悄悄坚持了自己的想法。

初生牛犊不怕虎的他相信，只要敢于尝试，就一定能够找到更好的解决方案。

一个偶然的机会，秦世俊在网上看到了一段有关“逆向思维”的论述，说逆向思维是对司空见惯的、似乎已成定论的事物或观点反过来思考的一种思维方式。说白了，就是要敢于“反其道而思之”，让思维向对立面的方向发展，从问题的相反面深入地进行探索。

认真工作中的秦世俊

这篇文章让秦世俊深受启发。他想：这个事情大家已经做了这么多年都不能完成，为什么还按照传统方式进行呢？为什么不能从头往前推理呢？

秦世俊开始琢磨是否可以通过反向采集点位来确定零件的加工余量，从而实现一刀成型。

这是个大胆的构想，听起来虽然简单，但实施起来困难重重，不仅需要精确测量和计算，还需要手动编程。但秦世俊并没有被这些困难吓倒，他决心要把这个关卡攻下来。之后，他成了车间里“早来晚走，最喜加班加点”的那个人。

“早来晚走，最喜加班加点”，原先是母亲曹焕琴对丈夫的嗔怪，现在成了身边同事给秦世俊贴的标签。

秦世俊踩着父亲的脚印，一步一步地向前走。他是父亲产业工人生涯重要的延展，也立志要将父亲航空报国的精神情志继续书写，使之更丰富和引人入胜。

第七章 与 0.01 毫米的较量

秦世俊的革新之旅，是寻找更高效更稳定的加工方法来解决生产难题，实质上就是与 0.01 毫米的较量。

起落架和旋翼零部件的加工精细与否，直接关系到产品性能和飞机驾驶员的安全。误差超过 0.01 毫米，零件就要报废。

0.01 毫米相当于人的头发丝的十分之一，如何才能加工出这样优质合格的产品呢？对材料、刀具、机床的性能一定要了如指掌。

为了不耽误正常生产，秦世俊每天都在夜里 12 点以后进行几个小时实验。那个时间段，工友们都下班了，偌大的车间里只剩下他一个人。

周遭漆黑，只有秦世俊机床上的灯在闪烁光芒。机床不知疲倦的轰鸣声，划破了无边夜色的宁静。

为了记录每次走多少、降几层，每次加工多大的区域……他无数次蹲在狭小的机床上，仔细观察刀具的加工轨迹，有时一蹲就是一个多小时。想要站起时，他才发现发麻了的双腿完全使不上劲，需要用力扶着边上的物体，才能勉强地直起身来。

因为缺乏休息和体力透支严重，在车床上苦干的秦世俊，有好几次感到头晕目眩，差点从车床上倒栽下去。

凌晨两三点是睡意最浓之时。为了赶进度，困得实在睁不开眼睛的时候，秦世俊就在工房里面跑步，跑完再编程序，继续试验。

然而，试验带给秦世俊的是一次次失败。巨大的挫败感和压力，让他开始感受到痛苦的滋味。每当心中对自我充满巨大怀疑，觉得成功遥不可及时，父亲经常告诫他的话便会在耳边回响：“无论遇到什么困难，都要坚持下去。只有不放弃，才能够取得成功。”

父亲根本不知道秦世俊在悄悄地做这个实验，更没有想到是自己的话鼓励了儿子，让儿子虽疲累至极，却仍然有动力咬紧牙关将攻关继续下去。

查资料、找原因、理思路；采集点位、汇编程序、绘制加工路线、生成数模，再加工试验……在多次尝试和失败后，秦世俊最终找到了问题的关键所在。秦世俊对夹具进行相应的改造和调整后，再次启动机床进行实验时，只见刀具在旋转中精准地切削着零件，碎屑像美丽的焰火般灿烂迸放。

短短8分钟后，结束的指示灯就亮了起来，秦世俊抑制住激动的心情，快步走到机床前，开始测量零件的尺寸。

一个、两个、三个……当最后第十二个零件被量完尺寸，秦世俊的心狂跳起来，12个零件的尺寸全部满足图纸要求。

一个多礼拜的攻关，秦世俊终于成功了！

凌晨三点的车间，秦世俊高兴得像个孩子，独自跳着，又笑着。他又如同一个士兵，孤身拿下了敌人的城堡，那种胜利的愉悦无法形容。

实验完成后，秦世俊的手背上留下了许多疤痕，都是被飞溅的铝屑烫伤的。他回到家时，天边已渐露曙光，月亮瘦成了窄窄的一弯浅白色首饰，缀在路边高大的树缝之间。

家门已被父亲无声地打开，原来父亲一直未睡，在等着秦世俊。厨房里氤氲着热气，父亲忙不迭地为儿子煮鸡蛋，热牛奶。每天凌晨下班回家，都有这一份温暖的父爱

秦世俊（左二）和工友们在测量零件尺寸

在等着秦世俊。

除了忙单位的工作，母亲还操持着家里所有的家务。她有神经衰弱的毛病，白天辛苦，晚上还难以入睡。很少有时间兼顾家里的父亲，就是为了让母亲的睡眠不受惊扰，从而主动揽过了凌晨照顾儿子的活计。

秦世俊边吃鸡蛋边向父亲汇报革新成果，喜滋滋地等待着父亲的表扬。谁知父亲听了，依然是那副严肃的表情，问："这事你跟你师父说了吗？"

"没有。"

"工艺科知道吗？"

"也不知道。我悄悄弄的。"秦世俊有点小自得。

"忘记了运 12 起落架外筒零件加工那次了？虽然后来检验合格了，但你总怀着侥幸心理是不对的！这次也是这样，违反了操作流程。如果零件出现损失怎么办？你担得起责任吗？"父亲非常生气，"攻克技术难题固然是好事，但不按流程操作，没有工艺人员跟产就敢改动固化好的程序，这是原则性错误。"

"我做实验用的是废料，并没用正式件。"秦世俊辩解道。

父亲这才松了一口气，说："那就快点找工艺科进行评审，看能否更改工艺规程，固化程序。”

说完，父亲匆忙地穿好衣服，领着刚回家的秦世俊又急忙往单位赶。

虽然被父亲训了一顿，但秦世俊情绪并没受到影响。“父亲批评得对，即便对零件有百分之百的加工把握，该遵守的工艺流程以后也得严格遵守。”他边小跑着跟上父亲，边在心里叮咛自己。

车间里，宋广全早已站在了机床旁。秦永刚有点不安，走过去问宋广全：“秦世俊这一向私自做实验的情况，您知道吗？”

宋广全一愣，目光移到秦世俊脸上，问：“怎么啦？搞砸了？”

“没有搞砸。成功了！”秦世俊回答得底气十足。

宋广全听罢，爽朗大笑道：“我猜你小子肯定不会善罢甘休。快，实验一下让我看看。”

“好呢！”秦世俊欣然而应，马上去装零件，调程序，按启动钮。

8分钟后，随着刀具的旋转和碎屑的飞溅，结束的指示灯亮了。秦永刚、宋广全和闻讯而来的工艺科技术人员都围在机床边测量，而一旁的秦世俊却没有了上次独自编程、独自加工运 12 起落架外筒零件时的忐忑，现在的他已成竹在胸。

果不其然，把加工后的零件与秦世俊的方案进行数字化吻合，发现原来加工这个活，三道工序最起码得一个多小时，现在十来分钟就可以完成。也就是说，秦世俊革新后的方法比以往的加工效率提高了 8 倍，零件的一次交检合格率达到了百分之百。

宋广全高兴地拍着自己徒弟的肩膀，大声夸奖道："原来用你爸研究的方法干了快 20 年，每次加工都要一个多小时。这下好了，儿子将老子的方法给突破了。真不错！"

父亲秦永刚在一旁笑了，笑里有惭愧，更有儿子在专业上超过自己的欣慰。

秦世俊的"逆向思维反向采点加工腹板法"顺利地通过评审后投入使用，并沿用至今。

与 0.01 毫米的初次较量，秦世俊取得了胜利。但他知道，前面还有无数次同样的较量在等着他，他一刻也不能停止技术攻关的步伐。

这件事传开后，秦世俊首次被哈飞电视台采访。采访形式别出心裁：让秦永刚和秦世俊父子俩对谈。

秦永刚叙述当年用自己研究的方法加工产品时如何费

时费力，质量还难以保障，且20多年来囿于这个方法中，考虑和解决问题的思想观念没有革新。秦世俊则代表不墨守成规、勇于创新的年轻技工群体，讲述技术革新及零件加工方式创新过程中的故事，以及创新方法提高的效率和质量。

电视台的呈现方式着重于新、老两种思维的碰撞和观

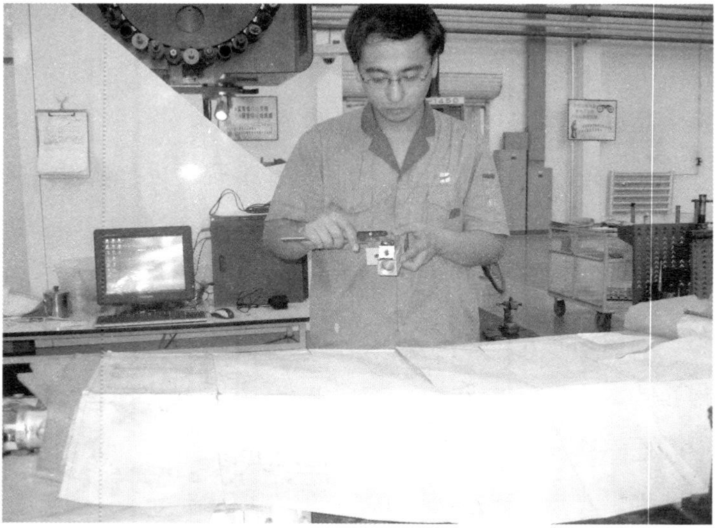

秦世俊在测量加工零件尺寸

念的科学更迭，主题围绕老规矩不一定是对的，坚持的也未必是最好的，要进步就要不断创新这个话题展开。

作为用传统思想考虑问题的老工人代表，秦永刚访谈中虽然略显尴尬，但一想到能给儿子及哈飞更多像儿子一样肯钻研、爱攻关的青年工人带来鞭策和激励，心也甘，情也愿了。

从此以后，因为热爱，革新创造、攻坚克难这些极具挑战性的事情，让秦世俊欲罢不能了。他成了哈飞攻坚克难的“专业户”。

2005年，在哈尔滨市技能比武中，秦世俊以市级第一、省级第四的成绩，成为公司最年轻的高级技师。同年，他荣获“全国优秀共青团员”称号。

那一年，秦世俊23岁。

“精品与废品的距离，只有0.01毫米；成功与失败的差别，在于是否能够全情投入。只要站到机床前，我就能找到忘我的状态。”秦世俊说。

何为“匠”？肯定是忘我投入的精益求精，是“偏毫厘不敢安”的一丝不苟，是追求细节与卓越的执着专注与锲而不舍。

新中国成立以来，满怀产业报国赤子之心的一代代中国工人，在甘于奉献、奋发图强的集体主义价值观引导下，为国家献身，为人民奋斗，涌现出了一个又一个感天动地的劳模代表，他们把对祖国和工厂炽热的爱，化成“自力更生，艰苦奋斗”的冲天干劲和豪情壮志。其中就有“宁可少活二十年，拼命也要拿下大油田”的石油工人王进喜、“宁愿一人脏，换来万家净”的淘粪工时传祥……他们的劳模精神是中国共产党人精神谱系的重要组成部分。

注重人的精神建设，是能够培养高贵灵魂的。高贵灵魂的滋养，能使理想和信念更加坚定，人生之花绽放得也会愈加艳丽。

第八章 温暖的爱与清澈的爱

父亲秦永刚连续六届被评为公司劳模，而秦世俊刚工作的几年，车间劳模、公司劳模一次也没评上过。

按理说，秦世俊是足够有资格获得这些殊荣的，但关键问题在于他是父亲手下的兵。申报公司内劳模需要经过现任工段长的父亲签字，但父亲只推荐车间内的其他工人，对待自己的儿子总是那一句老话："进步无止境，以后的路还长，多努力！"

秦永刚在儿子秦世俊面前的形象一直是严厉的，因为工作，能陪伴儿子的时间极少，在这点上没少遭到妻子曹焕琴的抱怨。

“劳模有啥用？家里根本指望不上他！”

抱怨归抱怨，曹焕琴一直默默承担着照顾一家老小的重任，用无声的行动来支持丈夫和儿子的工作。

与父亲相处的时间越少，秦世俊对父亲的依恋就越深。就算进厂当了工人，是个大小伙子了，他还是会珍惜与父亲相处的每一个机会，来享受他从小渴望得到的父爱和温暖。

那时有小车的人家很少，自行车是每个家庭的标配。秦世俊非常羡慕别的小朋友能坐爸爸的自行车去上学，而他只坐过爷爷的自行车。父亲哪有时间载他呀？

秦世俊 19 岁从技校毕业进厂之后，这才有了坐父亲自行车的机会。秦世俊不是没车，但他不骑，每天偏要坐父亲自行车的后座。

父亲在前面噔噔噔地踩着自行车，背影厚实高大，在秦世俊眼里，如山般巍峨，又像坚固的屏障，能给予他满满的安全感。

有一次上班途中遇上大雨，父亲停车后边打开雨衣穿上，边叮嘱秦世俊也赶紧披上雨衣，他却怯怯地说自己忘记带了。

父亲是严厉的，秦世俊从小就怵他。但父亲这次并没有责怪秦世俊，只在雨中边奋力地向前骑，边大声叮嘱躲在他身后雨衣下的儿子不要淋湿了。

父子俩共用一件雨衣，秦世俊看不见前方，视线范围内只有路面——那因自行车驶过而溅出朵朵水花的柏油路面。有父亲带着往前行，秦世俊一点也不用担心前路的

父亲秦永刚

安危。

秦世俊太贪恋坐在父亲身后的那种踏实和幸福的感觉了。

到了车间，父子俩各奔工位。秦世俊的裤腿和鞋都被雨水打湿了，但他一点也不后悔。他悄悄地将背包放入工具箱，背包里藏着一件没打开的雨衣。

中午下班后，秦永刚取出家里带来的尼龙花袋子——这是妻子曹焕琴亲手钩的，袋里两个长方形铝饭盒，一个盛着洗好了的大米，另一个放着早晨炒好的红肠等菜肴。

那时每个车间都备有蒸饭箱，上面热菜，下面蒸饭，直到2007年哈飞实行了工作餐制度，蒸饭箱才失去作用。

饭菜热好后摆到简陋的木板上，父子俩面对面地坐在工具箱上开吃。父亲总怕秦世俊吃少了，不停地将菜划拉到儿子碗里。吃完后，父亲还不忘从衣兜里掏出一个苹果递给儿子。

父亲虽严厉，但除了敬畏，秦世俊内心还是亲近父亲的。秦世俊知道父亲追求卓越，因为父亲常说：“你不表现好，我怎么去管别人？”所以，为了得到父亲的肯定，秦世俊干起活来特别卖力。

因为坐父亲自行车后座久了，有些同事就会半真半假地笑话秦世俊，笑他130多斤、将近1米8的大小伙子，还要父亲蹬着自行车载他。父亲觉得没什么，总是一笑置之。但秦世俊不好意思了。从此，秦世俊就自己骑一辆自行车上班，再没坐过父亲的车。

秦世俊24岁时，还没有女朋友。秦永刚对工作太投入，压根儿也没想过儿子该找个媳妇了。秦世俊与父亲都执着，脑子里装的都是工作，无暇他顾，只有曹焕琴一个人着急上火。

其实之前厂里有位领导给秦世俊介绍过一次对象，那时没有微信，都是拉一根电话线在电脑上QQ聊天。姑娘每天给秦世俊留言，而秦世俊总是加班，不是留言迟就是忘记回复，这样就怠慢了姑娘。人家姑娘不干了，给厂领导回信说她不谈了，理由是秦世俊太忙了。

一天，曹焕琴去拜访一个好朋友，实则是想去拜托朋友帮她留意，看有没有与秦世俊相互合适的好女孩。

了解了曹焕琴的来意，朋友双手一拍道："有啊！"

原来朋友家住二楼，正好三楼就住了母女二人，女儿与秦世俊同年，父亲因意外去世了。姑娘从卫校毕业，端庄大方，与曹焕琴的朋友还是忘年交。

曹焕琴是个急性子，喜不自禁的同时，她催促朋友赶紧牵线搭桥。

两家约好了晚上见面。

为什么是晚上？只有曹焕琴知道，秦世俊与父亲白天都没有时间。爷儿俩一年 365 天，除了除夕夜能与家人团聚，其他时间都扑在了工作上。姑娘叫丁洋，假设她当时就知道这种情况，她还会不会答应见面呢？

后来，有人问过丁洋，她说回答这个问题很难。一般来说可能不会，但这么多年与秦世俊相处下来，她不后悔

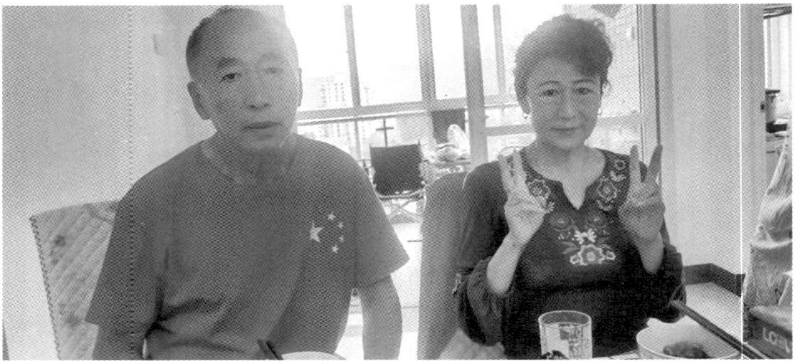

秦世俊父母合影（三）

当初的选择。

在曹焕琴朋友的家，刚下夜班的秦世俊与丁洋坐在客厅里，长辈们都挤坐在里屋，特意给两位年轻人留出了交流的空间。

上了一天班的秦世俊很疲惫，但电视里正直播的NBA比赛让他的精神又振奋起来，他的注意力被电视节目吸引了过去。

丁洋问："你叫什么名字？"

他说："我叫秦世俊。"

"干什么工作呢？"

"数控铣工。"他的目光仍旧没离开比赛，心下嘀咕"这姑娘怎么像审问坏人一般？"

临走时，在长辈们的要求下，丁洋勉强与秦世俊互留了QQ号码和手机号。对这次相亲，她不抱乐观态度。

果然，秦世俊仍然没有时间聊QQ，定好时间见面，他又因工作忙而爽约……4天后，丁洋回复住在二楼的那位朋友，说不打算与秦世俊交往了。

母亲责怪秦世俊，他也觉得如果失去这个女孩挺可惜的，认识时间虽不长，但他心里对丁洋是有好感的。于是，秦世俊用自己的方式给丁洋发了一条手机短信，短信挺长，但归纳起来的重点就是：我们都 24 岁了，不是玩的年纪了，你若不找我，男的玩得起，女的是玩不起的。

一般女孩看了这条信息，十有八九会更坚定不谈下去的念头，因为这短信里有男人隐隐的优越感。为什么当时要写这样的内容来挽留心仪的女孩？秦世俊说那时还是不太成熟，也没掌握多少讲话的技巧。信息发过去后，他后悔得不得了。

但丁洋出乎意料地回心转意了，她从短信里偏偏读出了秦世俊对她的留恋。特别是后面还有一句话打动了她，那句话是：找对象不是奔着结婚去的吗？一个成天有时间陪你玩的男人，他能有时间去实现理想吗？

“行，那处处看吧！”丁洋回了这几个字。

从此，两人之间的联系仍以丁洋主动为多。丁洋发给秦世俊的每条短信，最后都会附加一句“不用回复”。她知道，因为在航空保密单位工作，秦世俊进车间后是不能带手机的。

光靠手机联络肯定不够，还得见面才能加深感情。秦世俊特意休了一个星期日，准备与丁洋约会。

穿惯了工作服的秦世俊，特意买了一件深灰色七匹狼夹克衫，穿衣镜前一看，觉得很帅——后来丁洋开玩笑说像披了层耗子皮。临出门时，曹焕琴给了儿子100元，嘱咐儿子请丁洋看电影。

秦世俊住平房区，丁洋住香坊区，两人约定去道外区的中央大街看电影，那里有个万达影城。

秦世俊坐了很久的公交车才到目的地，已买好可乐和爆米花的丁洋在影城门口等他。两人上楼后，秦世俊快步走到售票处准备买票，抬头一看票价，傻眼了。

“60元一张票，怎么这么贵？”秦世俊很诧异，问丁洋。

“你没到过电影院？”

“没到过。”秦世俊老老实实地回答，不忘补一句，“还有票价便宜点的电影院吗？”

众人的目光便都往他们这边转过来。

小伙儿不装，也不俗，挺好。于是，丁洋也大大方方地说道：“有，金安电影院只要30多元一张。走，我们去那儿。”

看完电影，除掉来时车费和在金安电影院买了一点儿零食的钱，秦世俊兜里只剩4元了。回家路上，要坐两趟公交车，4元钱，不多不少，正好能保证回到家。

但丁洋还要拉着他去餐馆吃晚饭。

边吃饭，丁洋边不留情面地问他：“是没钱了吗？”

“就带了 100 元。”

“难怪你坐公交来，不打车。”丁洋笑着望了秦世俊一眼，又埋下头继续吃。

秦世俊局促起来，说：“8 点了，我们回家吧！”

丁洋说：“急什么？你难得有时间，我们再聊聊。”

“晚了我爸妈担心！”

丁洋睁大眼睛瞪着他，说：“你真像个书呆子！你是女

秦世俊一家三口

的还是我是女的？”

秦世俊被丁洋的抢白逗笑了，觉得这女孩纯粹得太招人爱了。

饭钱是丁洋出的，回家的打车费也是丁洋出的。曹焕琴听儿子说起这些，打心眼里高兴：“没想到小姑娘挺好的，你要好好与她处下去。”

之后，曹焕琴便上街花 2800 元买了个联想带翻盖的红色和弦手机，让秦世俊带给丁洋。当时这款手机算比较贵重的了，丁洋高兴地收下了，替换用了好几年的小灵通。

秦世俊不喜欢管钱，也对消费没有丝毫兴趣。参加工作以后，每月发的工资像父亲一样悉数交给母亲打理，母亲要塞钱给他也不要。每天家里、单位两点一线，他没地儿用钱。

宋广全听说秦世俊处上女朋友了，每天一到下午 5 点就撵他走。秦世俊说：“不，我要加班，实验还没做完。”

“做实验以后有的是时间，女朋友黄了你上哪里去找？人家是星光医院的外科护士，能看上你这位普通工人，可要珍惜！”宋广全语重心长地说道。

秦世俊一听，觉得师父说得在理，便换下工作服准备下班。但他往身上一摸，两个兜都是空的。

师父看在眼里，拉开自己的抽屉，取出一张百元钞票递给秦世俊。除第一次与丁洋看电影拿过一张百元钞票外，秦世俊再也没拿过这么大面额的钱。秦世俊接过来马上将它放回原处，从里面取了 10 元出来。

秦永刚听说这事后，硬把 10 元钱还给了宋广全，回家就批评曹焕琴：“你平常怎么不多给儿子钱？这么大的小伙子了，要谈恋爱，不能让他身无分文。”

曹焕琴非常委屈，说：“他从来不问我多要钱，给他也不要，我咋办？”

第九章 『可以不要彩礼吗？』

有一次，秦世俊请丁洋在平房区吃韩国烧烤，店里有种自制饮料，非常好喝，两人都喝了不少。

哈尔滨天黑得早，他们在店里不知不觉就待到8点了，窗外已是夜色浓重。

两人起身欲离去时，都觉得醉意蒙眬，迈不动步子。他俩问服务员，才知道饮料原来是甜米酒。两人一不留神，分别把自己灌醉了。

秦永刚和曹焕琴赶过来，一看俩孩子这样，思忖丁洋今晚回不去了。他们便给丁洋母亲打电话，告知情况，并保证孩子今晚在他们家里绝对安全，丁洋母亲这才放下心来。

两人感情日渐加深，该考虑结婚了。秦永刚夫妇俩的工资都不高，多年省吃俭用存下的一笔钱，打算给儿子买婚房。

平房区的商品房时价每平方米千元左右，在哈尔滨算房价最低的地方，又是秦世俊家所在地，按理该买在这儿。但秦永刚两口子觉得平房区与香坊区相隔太远，不利于照顾丁洋的母亲，便做主将房子买在了香坊区。

新房有 104 平方米，是两室一厅的电梯房，房价比平房区贵了 3 倍。花了 30 多万元买房后，家里没有余钱给彩礼了。

秦世俊羞愧地问丁洋：“能不要彩礼吗？”

丁洋说：“这事你得问我妈。”

可秦世俊实在难开这口，于是又对丁洋说：“要不我们先把证领了吧？”

“行，去登记。”丁洋回答得挺爽快。

2006 年 2 月 14 日，情人节，丁洋从家里偷出户口本，与秦世俊来到民政局，领了结婚证。工本费和照相共花去

16 元，那天秦世俊正好身上有零钱，这钱就他出了。

双方父母都不知道他们已经领证了。

什么叫爱情？还无法看到他以后的成就，给他出打车钱，愿意不要彩礼，私拿户口本与他登记结婚，这算不算爱情？

看着一对孩子的关系越来越稳定，曹焕琴心里高兴，就提议两家见个面，商谈下婚事。

2006 年 7 月，秦永刚夫妇到了丁洋家。丁洋的母亲很随和，说只要小两口好，其他都可简化。

按哈尔滨当时的风俗，结婚前男方要准备 8.8 万元送给女方做彩礼，但秦家只能凑出 2 万元和项链、耳环、戒指这三样金首饰。给女方的改口费一般是 1 万元，寓意万里挑一的好姑娘，而秦家只有 1000 元。

丁洋的母亲很爽快地接受了，并商定 9 月份办酒宴。

有一天，秦世俊在丁洋家吃饭，丁洋的母亲做了一大桌好吃的招待准女婿。席间，丁洋的母亲乐呵呵地批准两个孩子：“你们可以去领结婚证了。”

丁洋嘴里含着饭，“嗯嗯”地答应着。秦世俊低着头，假装夹菜，心里却像长出了一面小鼓，咚咚咚敲得他浑身紧张。

“定个时间，我和世俊妈妈一起陪你们去民政局。”丁洋母亲仍笑逐颜开，“这样的大事要有仪式感。”

见两个孩子都不吭声，丁洋的母亲望向秦世俊道：“时间由世俊定，因为你忙。哪天有空？”

秦世俊支支吾吾地答不上来，求助的眼神落到了丁洋身上。

工作中的秦世俊

丁洋呵呵笑着，说：“妈，世俊的时间都不固定的。哪天他得空喊我一声我就去了，您就不用去了。”

“那不行！”丁洋母亲的语气十分肯定，“我们双方孩子都不多，都只有一个，这算大事，家长一定要跟着去。”

丁洋尴尬地笑着，注视着秦世俊。

秦世俊读懂了丁洋眼神里的意思：“我招架不住了，我要向妈妈坦白了。你走吧！”

秦世俊赶紧找个借口开溜了。

还没等秦世俊下完楼梯，急性子的丁洋就一五一十地告诉了母亲，他们已在2月14日领好了结婚证。母亲听了果然大发雷霆，训斥丁洋的声音连走到了楼下的秦世俊都能听到。他害怕丁洋受气，想返回去，给准岳母赔罪。像知道了他的心思一般，丁洋的手机短信很快发了过来：“不要返回来，我会安抚好的！”秦世俊只好怀着内疚的心情离开了。

回到单位没多久，秦世俊又收到了丁洋的短信，只有“OK”两个英文字母。他明白丁洋的安抚工作做成功了，悬着的一颗心才放了下来。

准岳母历尽磨难，独自带大女儿，作为准女婿的秦世俊，在这事上做得确实有欠考虑。他想，只有在以后多多补偿老人家了。

2006 年 9 月，秦世俊与丁洋请了双方的亲友聚餐，正式结婚了。

在娘家，丁洋从来没有做过家务，曹焕琴不用问就能看出来。

曹焕琴做饭时，丁洋总爱钻进厨房，想帮着婆婆做点什么。曹焕琴婉拒不过，就说：“你帮切个墩吧。”

丁洋却听不明白，问：“切什么墩？”

“切墩”是哈尔滨的方言，意即切菜。这姑娘看样子在家真没做过家务。

曹焕琴也不忍心要丁洋做，便叫她去客厅休息。

丁洋说：“我就是因为不懂才想跟您学。您操持家务大半辈子了，我学会了就能给您替个手啊！”

丁洋说得诚恳，曹焕琴便要她帮忙切土豆丝。

土豆丝切出来，却根根像小棍子。土豆丝炒不成了，曹焕琴只好改刀炸成了薯条。

丁洋好学的劲头足，只要有闲她就琢磨厨艺，几个月的时间，厨艺进步神速。

秦世俊的爷爷已经去世了，大年三十的午餐，奶奶和秦世俊大伯、姑姑、叔叔几个小家庭的人欢聚一堂。大餐桌上，摆满了色香味俱全的20多道菜，每一道菜都是丁洋做出来的。

吃完午餐，秦世俊和丁洋又赶回香坊区的娘家。丁洋主厨，秦世俊打下手，又做好了一桌年夜饭，与丁洋的母亲共进晚餐。

饭后，秦世俊陪岳母看了会儿电视。近晚上9点了，两人又打车回秦家，与大家庭的人一起包饺子，聊春晚。

秦世俊和母亲在一起

饺子吃完，两人再次打车回娘家睡。大过年的，不能让老岳母一个人过。

那天晚上，几个来回的打车费就花掉了100元。哈尔滨的夜色在车窗外奔驰，白雪如鹅毛般飘落，丁洋的红围巾像一团温暖的火。拥到一起的两人并不觉得累，心中满是年轻的肩膀担起了大家庭责任后的成就感和满足感。

因为表现突出，2007年，秦世俊光荣地加入了中国共产党。

结婚后的丁洋很快进入了操持家务的主妇角色，虽说没与公婆住一起，但她知道婆婆在照顾家人方面有着丰富的经验，所以一有时间就向婆婆曹焕琴讨教。

一个家庭有两个为祖国的航空事业忘我工作的航空人，命运决定了她们一开始就是奉献的角色。

丁洋的工作单位是哈尔滨星空医院，医院两班倒的工作已经非常辛苦，何况她还是手术室护士。而秦世俊的工作更是没有规律，经常晨昏颠倒，没有白天黑夜之分。

虽然两人难以在家里见上一面，但不管何时回家，秦世俊总能在厨房发现妻子给他准备好的可口饭菜。饭是热的，菜一定有四个，要不就是三菜一汤。妻子虽然上夜班去了，但秦世俊独自吃着这丰盛的菜肴，能清晰地体会到妻子对他身体的关心和工作的支持。

结婚后的一年内，秦世俊的体重由 140 斤飙升到了 170 斤。

在不耽误本职工作的前提下，从一个厨房小白，几个月之内就迅速成长为操弄锅碗瓢盆的一把好手，丁洋是怎么做到的呢?

没见到丁洋之前，我以为她是位坚强又成天开心的女子。没想到的是，在秦世俊安排的见面上，这位面容清秀白皙的姑娘在我面前数度落泪。

丁洋说起一件事。婚后多年，有一次他们在丁洋叔叔家吃饭，大家边吃边聊，席间叔叔打开了电视机。

不久，电视里出现了哈飞的厂房、车间以及秦世俊在机床边工作的影像，画外音在说：中国航空工业集团哈尔滨飞机工业集团有限责任公司是我国直升机、轻型多用途飞机的研发、制造基地，是波音、空客等国际航空企业的部件供应商，为祖国航空产业的发展、为国防和国民经济建设作出了重大贡献。秦世俊同志是公司的青年技术能手，他专注数控技术科研革新，用心优化工艺细节，帮单位解决了很多生产难题，节约了大量生产成本，为大国航空制造业腾飞奉献了自己的青春力量……

听到这里，丁洋叔叔朝秦世俊竖起了大拇指，说：“毛毛真不错！真伟大！为单位作出了这么大的贡献！”

丁洋内心为丈夫感到骄傲的同时，忍不住对叔叔撒娇道：“他在单位加班的那些时间，都是我在家里独守空房，一个人照顾孩子、操持家务换来的——怎么不说我好伟大？”

确实，就是因为妻子丁洋的默默付出和大力支持，才

秦世俊在操作数控机床加工零件

让秦世俊能心无旁骛投入他喜爱的科技攻关里。

2011 年，他们的大儿子秦伟豪出生了。当时身体健康状况尚好的曹焕琴，在照顾丈夫秦永刚生活起居的同时，也承担起了照顾孙儿的任务。孩子从一岁一直到五岁，都生活在奶奶身边，除了妈妈丁洋经常去看他，他很少能见到自己的爸爸。

2016 年“五一”国际劳动节前一天，秦世俊作为劳动者中间的佼佼者，被请上了中央电视台《开讲啦》的舞台。这也是《开讲啦》开播以来请到的第一位最基层、最朴素的主讲嘉宾。

秦世俊用质朴的语言向全国观众讲述了一个产业工人的梦想，畅谈产业报国的理想和情怀。当撒贝宁问到他的孩子时，秦世俊却哽咽了，久久说不出话来。

儿子小时候见到秦世俊，除在大人引导下喊声“爸爸”外，对他再无其他亲昵举动，更不会主动地扑到他的怀里。孩子眼里的爸爸，只存在在电话里。

每次打电话来，秦世俊问：“今天过得怎样？”

小伟豪会奶声奶气地回答：“今天过得很好！”

“要帮奶奶干活，不要惹奶奶生气！”

“帮奶奶抹桌子了，奶奶很高兴，没有生气。”

秦世俊（右）参加央视节目《开讲啦》

“要与小朋友处好关系，要多学习。”

“好的，我会多学习的，我会与小朋友处好关系的。”

秦世俊是不善言辞、偏内向的人，加上与儿子接触得少，在怎么与儿子交流方面，他明显有点儿不知所措。每次电话里都是那几句老生常谈的提问，孩子像小大人般，也练就了一套回答的标准答案。

这种疏离感让秦世俊异常难受，他想起了自己小时候渴望父亲陪伴而不得的遗憾。父亲寡言，对待自身和儿子的要求都非常严格，就算后来获得了许多荣誉，父亲也很难说一声“儿子不错，很棒，加油”之类的话。他永远都是说：“行，努力！”

秦世俊想重新建设与小伟豪父子间正常的亲密关系，却又苦于没有时间。

第十章 两代人的接力棒

丁洋落泪时，正照顾5岁弟弟秦梓峪上完卫生间的秦伟豪，赶紧抽出餐巾纸朝母亲走来。

秦伟豪已是13岁的阳光大男孩了，个头蹿到了一米八二，比父亲还要高。他边帮母亲擦泪，边说起，母亲刚出院不到一个月。这时，我才发现丁洋白皙的脖颈上有一道明显的疤痕。

原来，丁洋很长一段时间里感觉脖子胀痛，脖颈一侧莫名瘙痒，同时伴有咳嗽咽干、全身乏力等症状，因为忙，又以为仅仅是普通炎症，所以她只是吃了点消炎药缓解。但后来不适感越来越强，全身也开始乏力，出现彻夜失眠、情绪不稳的症状。在丈夫的催促下，她独自跑到医院看了病。

医院检查完，病情比想象中严重，丁洋得了甲状腺癌。

医生听完丁洋的诉说，直言疾病与她长期的劳累、操心，以及作息不规律和情绪抑郁有很大的关系。医生建议马上手术。

这是 2024 年 10 月，距离婆婆曹焕琴去世仅过了半年时间。

此时此刻，丁洋非常想念自己的婆婆，因为她走的是与婆婆一样的人生道路：辅佐丈夫为国出力，自己承担下了家庭的所有。

丁洋的精神源泉和榜样却已离她远去。丁洋的身体也出现问题了，婆婆交给她的接力棒，该怎样才能把它举高拿稳呢？

忙碌操劳了一辈子的曹焕琴，刚过上几年退休后的清闲日子，2022 年又患上了肺癌。住院治疗时，正值新冠疫情肆虐之际，丁洋和已退休的公公、姨妈和舅妈等轮流在医院照顾婆婆。

那段日子，曹焕琴经历了 3 次化疗，每次化疗都犹如在鬼门关走一遭，身体虚弱到了极点。在病床上躺半个月恢复了一点体力，她又要准备进行再次化疗。丁洋见证了婆婆的痛苦和坚强，痛苦在于无情疾病带来的难受和疼痛，坚强体现在婆婆从来没有大声呼唤和呻吟过。

曹焕琴是个爱美的女性，一辈子都注重外表和内心的体面。生活的磨炼和家庭顶梁柱般的存在，也让她养成了在难关面前独自咬牙挺过的性格。

但最大的难关，也比不上病魔的疯狂。曹焕琴能做到的，只有尽量保持情绪的稳定，避免影响儿子、儿媳、孙儿的工作、学习和心情。

第三次化疗结束，病情并未好转，曹焕琴坚决要求出院，放弃治疗。

2023 年 10 月，哈尔滨的冬天日渐寒冷，这对于一个肺癌患者而言，是最不友好的季节。

秦永刚决定带妻子曹焕琴去海南保亭县，那里属热带季风气候，温而不热，凉而不寒，爽而不燥，是许多东北人选择过冬的地方。

秦永刚的大哥在那里买了套 100 多平方米的大房子，

邀请他们去保亭过冬，以此避开哈尔滨的冬天。

曹焕琴到保亭后，起初身体看着有起色，但2024年元旦一过，状况就急转直下。秦世俊每次打电话去，曹焕琴会用尽全力与儿子聊几句话，只说很好，不让他听出异样。她聊几句就会累得支撑不了，便佯装有事把电话递给丈夫。

秦世俊父母

秦永刚不敢把妻子病情恶化的消息告诉儿子，他与妻子守着一样的宗旨，那就是儿子的工作他们永远要摆在第一位，就像当年妻子支持他的工作一样。

秦世俊听到父母报平安，心里踏实了许多。他和丁洋合计，忙完这段时间，就要带两个孩子去保亭陪父母过春节。

秦世俊和丁洋两人分别争取到了难得的五天假期，在哈尔滨太平国际机场登上了飞往海南的航班。两个孩子特别兴奋，因为这是全家难得的集体出游。舷窗外悠悠的白云，有的似棉花糖，有的像连绵不绝的雪山……看得两个孩子止不住地惊叹。

到了保亭家中，却看见母亲病恹恹地躺在床上，秦永刚高兴的同时，不免责怪儿子：“不是说明天来的吗？怎么提前了？”

小梓峪快乐地笑道：“爷爷，爸爸妈妈说要给你们一个惊喜！”

但秦世俊夫妻俩没有理会父亲的话，他们直奔母亲床前。

母亲说自己没事，刚累了才躺下不久。她一定要起床，却明显看得出全身的疼痛使她没有一点力气，秦永刚给曹焕琴吃了一粒止痛药。在丁洋的帮助下，曹焕琴换上了一件漂亮的黑底起彩色花朵的 V 领新上衣，又涂了淡淡的口红，看上去精神了许多。在丁洋眼里，婆婆是个精致美人，即便现在，也有着病容都遮掩不了的优雅和风华。

秦世俊把母亲抱到轮椅上，推到年夜饭桌边。秦永刚也换了一件红色 T 恤出来，在妻子身边坐下。这时，秦世俊打开了手机相机，为父母拍下了一张合影。照片上，母亲保持着微笑，父亲则略有忧色。

秦世俊不知道，后来这成了父亲与母亲在人世间的最后一张合影。他也不知道，才过去不久的元旦，母亲就被送进医院抢救过一次。

这张合影一直保存在秦世俊的手机里，翻开看时，他依然难抑内心伤痛……

一大家子围着吃年夜饭，曹焕琴脸上呈现出久违的欢喜。她因为化了妆，气色看上去还挺好。保亭离三亚不远，曹焕琴建议秦世俊带妻儿去那里玩玩。丁洋说："不用，我们来主要就是陪陪您。"曹焕琴说："我没事，过段时间会更好些。"

秦世俊也不想去，但在母亲的催促下——主要是母亲暂时看上去还好的情况下，就答应了。

次日刚抵达三亚，父亲就打来电话，说母亲的情况突然变得很糟糕，现正在开往三亚人民医院的救护车上。

秦世俊一家迅速往医院跑。医院大门口，救护车甫一停下，来接应的医生、护士马上将躺着曹焕琴的急救床往抢救室推。秦世俊搀扶着父亲紧跟在后头。

几小时后，曹焕琴被转进了重症监护室。苏醒过来的她，一眼看到床边两个可爱的孙儿，积压许久的不舍之情忽然难以抑制，这位坚强的女性终于在他们面前泪流满面……

假期结束要回哈尔滨了。秦世俊夫妇坐在母亲病床边，叮嘱母亲安心养病，母亲依然是安慰他们：“你俩不要记挂我，干好工作，带好孩子。我会好的。”

说完，曹焕琴望着儿子，欲言又止——但终是没能继续说下去。她朝他们无力地扬扬手，闭上眼睛，意即“我要休息了，你们走吧”。

回哈尔滨不久，秦世俊收到母亲发来的手机短信：“毛毛，你能否给我和你爸买两张最快的火车票？我想回哈尔滨。”

秦世俊想起了离开三亚时母亲欲言又止的神态，他一下全明白了：母亲想回家，但又怕他多想影响了工作。母亲一定是忍耐了许久，只想在儿子面前维持没有大碍的假象，但现在已经无法再装下去了。

母亲的身体是不适合乘飞机的，秦世俊赶紧在App上查火车票，但都显示无票，因为现在是学生返程的高峰期。他与丁洋在App上设置了抢票，最后抢到了两张2月底的火车票。他们很满足，这已是最好的结果了。

秦永刚陪着妻子在火车上待了难熬的2天，幸亏列车长非常好，一路给予他们许多照顾。

回到家的曹焕琴仍一脸病容，但心情明显好了很多。秦永刚明白妻子来日无多，因为他一直陪伴在她身边，最清楚她的身体状况。

果然，在家只睡了短短的一个晚上，次日，曹焕琴

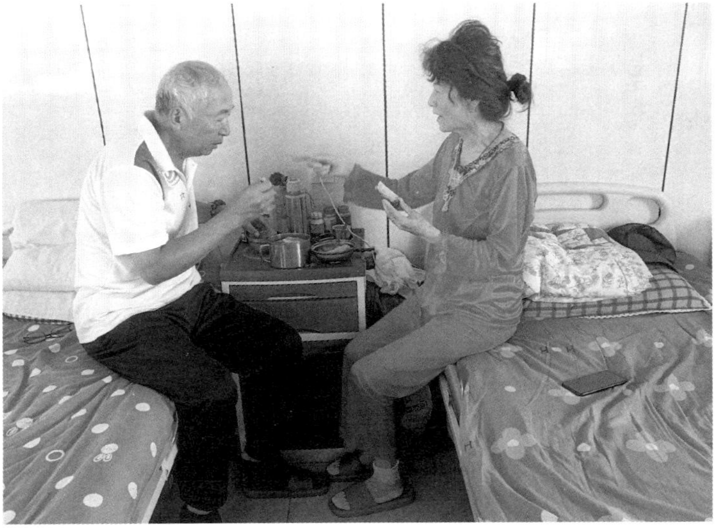

秦世俊母亲住院治疗期间留影

的病情又变严重，只得再次住进医院。这一住就是一个多月。

主治医生找来父子俩谈话，说曹焕琴肺部的癌细胞已累及心脏，没有更好的有效治疗方法了。而且，时间越往后，患者会越痛苦。

“现在每晚都需抢救，是仪器在维持她的生命。你们可以放弃治疗了。”主治医生的话像一柄尖刀，狠狠扎进了秦世俊的心里，“已经没有治疗的必要了。”

秦世俊说：“医生，请您继续治疗下去，能让我妈多活一天就多活一天吧。”

主治医生无法拒绝一个儿子的恳求，他沉重地点点头，说：“尽力吧！”

病床上的曹焕琴不喜说话，也无力说话，但只要儿子来了，她就要强打精神聊几句。有一天她对丁洋说：“妈拜托你一个事，帮我去买套‘装老衣服’，要花色漂亮的，不要黑色的。”

丁洋一听就泪如雨下，“装老衣服”在哈尔滨方言里，就是寿衣。

秦世俊握着母亲的手，道：“妈，您会一天天好起来的。别说这些，不吉利！”

“毛毛，我自己知道，走是早晚的事。”曹焕琴很虚弱，强撑着继续说，“‘装老衣服’选好给我看，我会很开心的。”

丁洋在床边凳子上坐下，进入手机购物商城，侧着身子把上面的各类服装划拉给婆婆看。

最后，曹焕琴选中了一款粉底花面的旗袍，一条粉色裤子，再加一双同样是粉底花面的布鞋。看着丁洋下单购买完，曹焕琴满足地笑了。

“洋洋，你是我的好儿媳。咱们家两代劳模，我们两个女人做了许多默默的奉献，以后妈不能陪你了。”休息了一会儿，曹焕琴吃力地对丁洋道：“毛毛接过了你公公交给的接力棒，在继续为国家出力。现在，我手中的接力棒也要交给你了。照顾家人和孩子，只能靠你一个人了。”

“妈，我会的，您放心！”丁洋噙着眼泪道，“您调整好心态，身体会慢慢好起来的。”

第十一章 『他的努力我们看到了！』

曹焕琴的病情并没有按亲人们美好的期望和设想发展，只有她自己心里非常清楚难以有奇迹出现了。

秦世俊接到任务，要去江西景德镇出差。临行前，他来到母亲病房，再三嘱咐母亲不要闹着出院。如果回家，一旦出现紧急情况，后果不堪设想。毕竟，只有医院才有完善的急救条件。

母亲很听话，不多言语，只微微点头，目光却始终停留在她心爱的儿子脸庞上，时间仿佛凝固在她那依然美丽的眼眸里……

儿子前脚才走，曹焕琴就坚决要求出院。她对丈夫说：“我撑不了多久了！这辈子我没有对你提过什么要求，请你答应我这一回——带我回家！让我，让我死在家里吧……”

秦永刚没有办法，只好请示医生。医生本就是给他们下了最后通牒的，肯定同意他们的出院请求。曹焕琴在医院做了最后一次心包腔内积液抽取术后，回家了。

回家第一晚，曹焕琴单独睡一间房，因为病中的她惧怕任何声音，需要绝对安静。第二晚，她却主动要丈夫陪床。秦永刚心里升起不好的预兆，丁洋也不敢离去，与公公一起守在婆婆床边。

那晚的曹焕琴时而昏迷时而清醒。昏迷时，秦永刚帮她掐人中，丁洋大声呼唤她，还能获得短暂的清醒。清醒过来后的曹焕琴，攥紧丈夫的手，用微弱的气息说：“我想继续照顾你们，但我连自己都管不了啦。你们……要带好孩子，搞好工作。也要注意身体，身体是最……”

话音未落，曹焕琴头一偏，在丈夫的怀里永远告别了人世和她深爱的家人。她 68 岁的生命，定格在了那个春夜的 9 点多钟。

在景德镇出差的秦世俊，并不知道母亲已经出院。工作闲暇，他总是不由自主地想起从前，想起那次母亲下班时被车子撞飞 10 多米后，仍然强撑着回家默默帮他做好晚餐的场景。自从出了那次车祸，母亲不仅肩颈永久性错位，而且也因脑震荡造成了脑部系列疾病：脑供血不足、脑血管窄、眩晕，最后脑部还长出了肿瘤……

那是 2012 年，秦世俊也是像现在一样出差在外，舅舅打来电话把他臭骂了一顿。原来母亲脑部剧烈疼痛，家人把她送进医院，进行完系列检查后，医生要行开颅手术。在曹焕琴的坚拒下，手术最终没有做成。

秦世俊问丁洋：“妈进医院了为什么不告诉我？”丁洋在电话里哭道：“妈不许我告诉你！”

思绪连绵之际，秦世俊的手机响了，妻子丁洋在电话里哭声难抑，他最不愿听到的消息传进了他的耳朵。他瘫软在酒店房间地上，不由得大声痛哭起来……

那晚秦世俊通宵未眠，天刚微亮他就坐上了从景德镇开往南昌的火车，再从南昌登上了飞哈尔滨的航班。步履匆匆，伤痛难平。下午 2 点多赶回家里，他却再也听不到慈母的声音了……

唯一能让情感稍微平复一点的，是父亲告诉秦世俊，母亲走得安详，没有遭罪。

现在，命运似乎开了个玩笑，眼下年纪轻轻的丁洋，却像婆婆一样患上了癌症，区别只是患病的部位不同而已。

手术当天，秦世俊在医院里陪着妻子，但次日他便要去山东临沂开会，这是很早之前就定下的工作日程。

婆婆不在了，术后的丁洋由自己的母亲在医院照顾，孩子都托付给了亲戚。

病床上的丁洋时不时悲从中来。她与其他女性一样，也渴望被呵护和怜惜，也希望这样的时刻有丈夫在旁边端茶倒水、擦脸喂饭，享受被照顾的温暖……但这一切于她而言都是奢望。

婚后这么多年，丁洋独自承担着照顾家庭的重任，把关心和爱毫无保留地输出给她的丈夫和孩子，能量充沛，又坚强得令人折服。她从来不知道自己也有需要被呵护的时候，从来就没有意识到自己也是一个需要被怜惜的个体。

不是已经习惯了这种状态吗？为什么一在病中，心灵就变脆弱了？为什么一到病中，就那么容易否定自己的初始选择并反复心生悔意呢？

“嫁给一个视工作如生命、待机床如恋人的男人，是自己的选择。你后悔了吗？”寂寞的病床上，丁洋不断地问自己。

记得初识时，秦世俊为了让丁洋接受自己而说的那句话：一个成天有时间陪你玩的男人，他能有时间去实现理想吗？

对的，吸引丁洋的正是秦世俊的理想。他不仅性格朴实，工作踏实，而且有追求目标，对未来有清晰的规划。秦世俊跟丁洋谈他的理想时，眼里闪耀的光芒能一下子点燃她青春的心灯。

一个普普通通的“80后”青年工人，能有理想是多么了不起的事情。而且，秦世俊的理想是希望用努力学到的经验和知识来帮助车间——最后都应用到了中国航空事业的发展上，真是跟他的为人一样朴素呀！

因为这样，丁洋才与秦世俊建立了小家庭，有了爱情的结晶。知道奶奶和母亲不容易，他们的大儿子秦伟豪3岁就学会了包饺子，小学5年级时已学会了做饭……懂事得令人心疼。

有一次，还在上学前班的秦伟豪下午开始发烧，浑身滚烫，吃了退热药也不管用，通红的小脸上眼睛闭着，嘴巴里呢喃着“爸爸”“妈妈”。上了通宵晚班的丁洋顾不上休息，心急火燎地将儿子送到医院输液。孩子后来高烧到40多摄氏度，严重到惊厥了，但秦世俊忙于工作，赶到医院时已是次日凌晨……

每个人生下来都是凡人，丁洋也不例外。之所以许多凡人后来成就不凡，都来源于内心的坚持和不懈的自我修正。

“虽说有时后悔嫁给他，”丁洋说，“但他的努力我们都看到了。他没有食言，一直走在追求理想、实现理想的路上。”

丁洋说，秦世俊现在再忙，也会抽时间出来弥补她，偶尔会陪爱唱歌的她去唱吧放松下，也会与她带着孩子利用假日去野外游玩。日渐成熟的秦世俊，正在学会怎样平衡工作与家庭的关系。

丁洋单位领导对他们家也非常照顾，把她调到了星光医院下属的社区卫生服务中心工作。离开了倒夜班的岗位，她的时间比以前规律了许多，也与孩子们的作息同步了。所以，不止有他们家人以秦世俊的工作为重，对丁洋工作的关怀，不也从一个侧面体现了社会对秦世俊工作的认可吗？

秦伟豪对父亲的崇拜，像极了父亲对爷爷的崇拜。秦伟豪说，有次爸爸陪他拼乐高，因为太难拼了，拼到一半他再也坚持不下去，就放弃了。但父亲要儿子不要放弃，说有志者事竟成。乐高是孩子玩的游戏，秦世俊从来也没接触过，但为了告诉儿子做事要有始有终，不能被“拦路虎”吓倒，硬是花了一个多小时在伟豪面前拼好了乐高。这事给秦伟豪的印象特别深刻，以后在学习上遇到困难气馁时，他就用父亲说过的话来鼓励自己。

“爸爸很伟大！他许多技术都是自学和偷学来的。家里灯坏了，音响坏了，不用花钱请别人，他能修。他还经常去学习充电，不懂的就请教师傅。”伟豪像小大人般娓娓道来，“世界这么大，比我爸爸厉害的有。但我爸爸的成功是独一无二的，因为他是个工人，起点低，能获得这么多荣誉是挺不容易的！我觉得他的成功，主要来源于他的虚心和博采众长。”

父亲秦世俊一直告诫儿子要努力上进，说：“不能靠我，我啥也不是！”母亲也经常鼓励儿子：“给自己树个目标，看怎样超过你爸爸，其他啥也不要想。”

采访时，秦永刚也在，秦世俊去单位上班了。秦永刚与我交谈时，秦伟豪不声不响地去泡好了两杯热茶，分别递给我和他爷爷。

这个小细节令人非常感动。

秦伟豪这个 13 岁的孩子，谈吐不俗，三观端正，礼节得当，让人生奇称羡之际，不禁感叹其良好的家教家风，果然是孩子成长路上最好的礼物。

那天，走下酒店台阶时，秦伟豪细心地搀扶着爷爷。因为头天下了大雪，虽经过清扫，但台阶仍然有点打滑。秦永刚次日要坐火车去三亚保亭县的兄弟家过冬，家里在清行李，所以祖孙俩选择到酒店接受采访。

失去相濡以沫几十年的妻子仅数月，老人心灵的创伤可以想象。他面容严峻，说话极有条理，一言一行，一举一动，不仅处处透着老劳模的动人风采，还充满着他那个时代的精神风貌。

秦世俊曾说父亲吝于表扬他，总是要他戒骄戒躁，不断努力。但当我问起秦世俊获得过什么荣誉时，秦永刚却如数家珍。儿子入厂 23 年来陆续获得的几十项荣誉的时间，他都记得清清楚楚：2012 年，获“全国青年岗位能手”称号和“全国技术能手”称号；2013 年，获全国五一劳动奖章，同年在北京参加习近平总书记出席的劳模座谈会，习总书记与儿子握手合影；2015 年，获“全国最美职工”荣誉称号，同年被评为全国劳动模范；2018 年 11 月，获得中华技能大奖；2021 年，获得中国质量奖提名奖……

秦世俊的数控机床壁身，有一幅他穿工作服的彩照，旁边是“全国劳动模范秦世俊工作机床”几个大红字。这是他的光荣，也是哈飞的荣耀。

没有哪个父亲不会为儿子的成就感到自豪，何况儿子在专业上不仅赶上了自己，而且远远地超越了自己，人世间还有比这更令他开怀的事吗？没有！但秦永刚从年轻时代走过，了解年轻人稍欠稳定的心性。在物欲化远高于精神坚守的当下，对儿子来说，敲警钟比赞美来得更重要。

事实证明，秦永刚的担心不是空穴来风。

秦世俊难得的休闲时光

秦世俊（后排右五）在“全国最美职工”颁奖现场

秦世俊被授予“龙江楷模”荣誉称号

秦世俊被评为“龙江工匠年度人物”

第十二章 高薪的诱惑

2001 年 7 月 13 日晚，国际奥委会主席萨马兰奇在莫斯科宣布：北京成为 2008 年奥运会主办城市。

这是新中国成立 52 年来首次取得奥运会主办资格。举国欢庆的同时，火炬传递手的选拔工作也成为奥运会火炬接力运行筹备阶段重要的核心任务。

那一年，秦世俊 19 岁，刚从技校毕业，是哈飞的一名学徒工。他也从电视里得知了这一激动人心的消息，却做梦也不敢想，7 年以后的自己会成为北京奥运会的火炬传递手。

这7年间，秦世俊凭借自己的努力和过硬的本领，屡获集团公司级和省级青年岗位能手、技术能手等荣誉称号，曾获得2003年度“航空杯”青年技术比武第一名、“哈尔滨市同工种技术比武”数控铣工第一名等诸多奖项，完成了从技校毕业生到学徒工，再到高级技师的华美蜕变，实现了许多常人不可想象也难以完成的飞跃。

有日积月累的辛勤耕耘，果实自然甜美丰盈。2008年，由于工作成绩突出，秦世俊被选拔成为奥运火炬哈尔滨段的火炬手。得知消息后，他在日记里激动地写道：

> 2008年，这是一个让每个中国人都铭记于心的年份。这一年，北京奥运会如同一颗璀璨的明珠，在世界的东方熠熠生辉。而我，有幸成为这场全球体育盛事中的一名小小参与者——奥运火炬传递手。这不仅是一份荣誉，更是一次生命的洗礼，让我深切体会到了责任与梦想的力量。

秦世俊举着火炬奔跑在哈尔滨熟悉的街道上，两旁是热潮涌动的市民和此起彼伏的欢呼声。他的内心充满了激

秦世俊手举北京奥运火炬留影

动与自豪，仿佛整个世界都在为他喝彩……

秦永刚手机里藏着一张父子俩的合影，那是秦世俊作为火炬传递手去跑属于他的那个200米后拍下的。照片上，秦世俊穿着印有北京奥运会标志的运动短袖套装，意气风发地举着一个火炬模型，喜悦与兴奋之情透过照片也能让人感受得到。挨他站着的秦永刚着哈飞夏季工装，手举国旗和北京奥运会五环旗，不苟言笑的表面掩饰不住他内心的喜悦。

这张合影秦永刚已保存了16年，没有告诉过儿子，他不愿意儿子有丝毫骄傲的情绪。但他把照片主动拿出来时，我能察觉得到一个父亲心中隐秘的骄傲。那份骄傲，是儿子给他的。

奥运的火种照亮了秦世俊的人生轨迹，秦世俊隐隐意识到，人生也许将迎来新的篇章。

奥运火炬传递活动结束后，各类媒体对火炬手的持续报道，让秦世俊逐渐为社会所认识和关注。有企业和公司开始向他抛来橄榄枝，希望他从哈飞跳槽加入它们。其中有家公司开出的条件非常诱人，承诺给他20万元年薪的优厚待遇。

2008年，秦世俊在已有“全国优秀共青团员”的桂冠

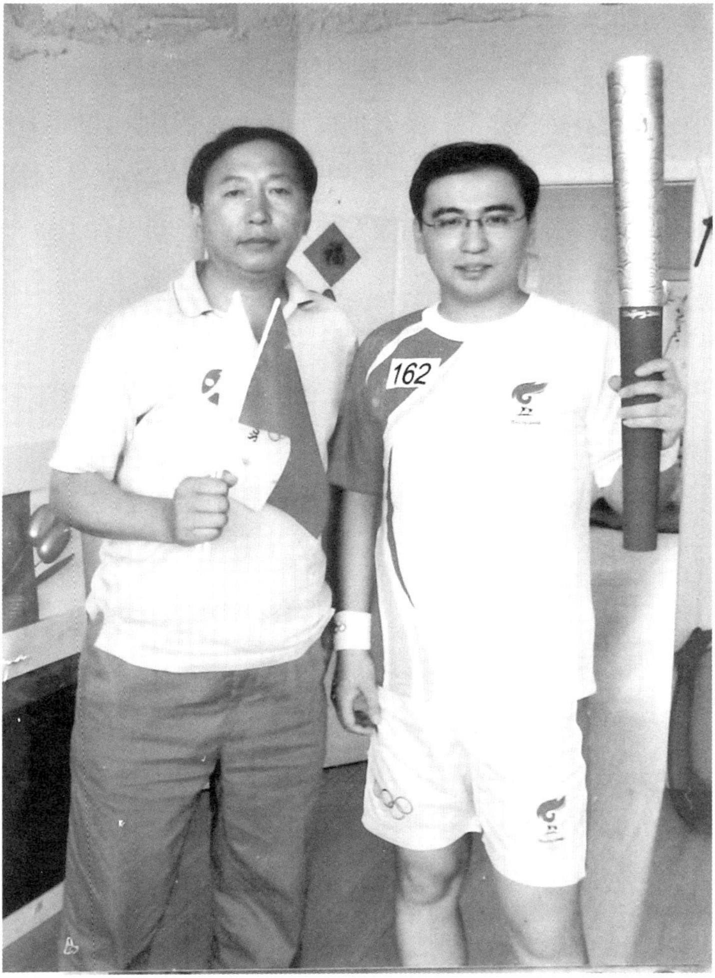

秦世俊担任北京奥运火炬手和父亲合影

加身的情况下，他的月薪也只有 3000 元。

20 万元，对一线工人秦世俊来说，无疑是个天文数字。如此高薪诱惑下，要秦世俊不动心是假的。此时的他已结婚，以后还要生孩子，到时候生活成本会成倍增加。如果收入多了，他可以为家人提供更好的生活条件，也可以实现自己曾经不敢想象的一些梦想。

秦世俊内心开始动摇，把这事告诉了妻子丁洋，丁洋也被丈夫说动了。夫妻俩商量着，准备去考察一下这家公司。

“去之前我们得告诉一下爸爸，让他为你参考一下。”丁洋觉得有必要征求一下公公的意见。

“如果爸爸知道这事，一定不会让我去的。”秦世俊以非常肯定的语气说道，他太了解自己的父亲了。

“应该不会吧？现在厂子效益不好，哈飞的许多年轻人都去南方了。”丁洋不相信，“如果知道对方给你开的薪水，每年能增加这么多收入，爸爸没理由阻止啊。”

那段时期，为了应对市场挑战，哈飞曾相继引进过韩国、日本等国家的车型，但因为技术有局限，产品设计存在诸多缺陷、品牌影响力不足等，使得哈飞在激烈的市场竞争中转型之路异常艰难，经济效益也大不如前。也就是此时，哈飞的许多人才开始外流。

当时秦世俊带的徒弟中，就有五六个南下到了广东、浙江等地。其中有个跟了他 2 年的徒弟，离开哈飞之前因为机塑加工经验丰富，进厂第 3 年就被提升到了工艺岗位从事技术研究。但他终究抵挡不住外面的诱惑，去了一家给他高薪待遇的杭州公司。除年薪制外，那家公司还给他安排了房子和公车，并且直接提升到了主任职务。每次与秦世俊通电话，他都对师父热情相邀，希望师父也能加入那家公司。

秦世俊想，这事瞒着父亲肯定行不通，不如在父亲面前提起试一试，说不定父亲会同意呢。

于是，秦世俊第二天便把外面单位想高薪聘请他的事告诉了父亲。岂料父亲还没听完，就动了怒气，说："小子，你翅膀硬了是吗？这事没门！除了待在哈飞，你哪儿也不许去！"

"为什么？待在这儿工资这么低，换个地方收入高了许多倍，难道不好吗？您的观念该改改了。"秦世俊有点委屈，但他又最明白父亲对哈飞的感情，因此这样说道。

"什么都可以改，但对哈飞的忠诚永远不能改！别的公司之所以给你高薪，是看中了你的技术，而你的技术哪里

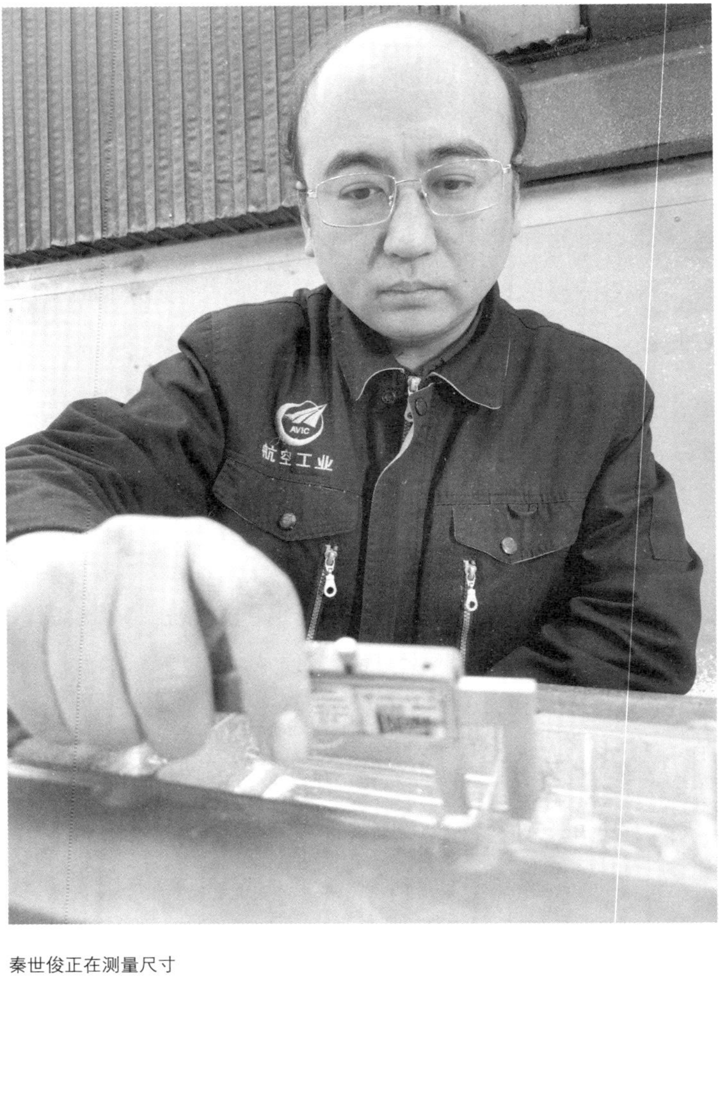

秦世俊正在测量尺寸

来的？是哈飞培养的，明白吗？”父亲非常激动，用手指着秦世俊道：“还问为什么？我告诉你为什么，哪怕你长成参天大树，也不要忘了培养你的土地。”

一席话让秦世俊惭愧不已，他陷入了沉思。

曾经的自己不过是一个普普通通的工人，如若没有公司的培养、师父的传帮带、家人的支持和社会的关爱，自己不可能一步步走到小有成就的今天，更没有机会成为万众瞩目的奥运火炬手。是哈飞这个有着光荣传统的集体给了自己成长的空间和机会，现在一遇到机会就想弃哈飞而去，自己岂不成了见利忘义的小人？幸亏父亲点醒了他，一时糊涂差点让自己失了大义。

秦世俊马上联系到那家公司，告诉它们他是不会离开哈飞的。对方听了，感到遗憾的同时，也对他表示了敬意。

秦永刚松了一口气，拍拍儿子的肩膀道：“你的选择是对的，一时的利益只会让你失去更多。我们技术工人，只有择一事终一生，才能出成果，也会出成果。”

父亲的话深深地触动了秦世俊，以后的他再也没有动过离开哈飞的念头了。相反，他还打消了许多青年工人想跳槽的念头。

秦世俊觉得要从根上断绝人才外流现状，必须切实提高技术工人的薪资待遇，给央企工人提供更多能展示技能与才干的平台与舞台，完善激励机制。

2016年，秦世俊当选为黑龙江省总工会兼职副主席，也是第一个被选进主席团的普通工人。他很快适应了新的社会角色，主动参政议政，积极建言献策，以一线工人的深切体会，建议对蓝领工人高技能人才实行激励政策。

黑龙江省总工会将秦世俊的建议上报给了省政府，不久，省政府办公厅就出台了《黑龙江省高技能人才评选表彰管理办法》，其中，对获得“中华技能大奖”和“全国技术能手”荣誉称号的工人，省政府分别给予一次性20万元和10万元奖励。

在央视《开讲啦》的舞台，秦世俊在结束自己演讲的尾声，又真诚地发出呼吁。他说：“在这里，我也对国家提个小小的期望：希望提高我们蓝领的待遇和社会地位，也希望可以为我们技术工人提供一个真正施展才华和给年轻人机会的平台。因为我相信，我们年轻人有实力和能力担当更多的责任！”

秦世俊珍惜每一个能替蓝领工人发声的机会。他明白，

秦世俊正在研究加工工具

秦世俊参加中国工会第十八次全国代表大会

只有留住人才，用好人才，才能真正让中国制造业在世界舞台上有话语权。

秦世俊曾利用假期去杭州看过那位徒弟。在那家工厂参观时，他发现了私营企业的用人机制和工作模式存在许多弊病。徒弟一人要负责多个关键产品，每月还需提出对关键点提质降耗、减少工作强度和节约加工成本的意见。这个徒弟刚去时是能发现问题的，前几个月都能提出建议，时间长了后发现知识积累不够用了，想去进修补充新的知识，但老板在这方面根本没有热情，也不给机会。

那家企业的老板非常中意秦世俊，想留下他，但被秦世俊婉言谢绝了。

后来秦世俊听说，在那儿工作的第三年，因为没有持续的技术革新，徒弟开始不受老板待见。第四年，由于市场缘故，企业产品发生转向，变为了徒弟不擅长的领域。资本家是不会白白养活人的，徒弟被解雇了。重新找工作后，徒弟成了操作机器的小工人，不仅没有事业上的突破，成长轨迹还被打回了起点。

徒弟的辗转经历不免令秦世俊感叹。人们常说的“树挪死，人挪活”看来并不具有绝对意义。

还是父亲说的话有道理，“哪怕你长成参天大树，也不要忘了培养你的土地”。怀着不变的初心，坚守责任与担当，认定的目标总有一天是能够达到的。

第十二章 『莫以小改而不为』

“勿以善小而不为”来自《三国志·蜀书·先主传》，意即不要因为是很小的好事就不去做。秦世俊仿照这句话创造了“秦氏语录”，那就是“莫以小改而不为”。这句“秦氏语录”，是优秀技能工人的最好写照。

对攻克生产难题有着浓厚的兴趣和成功的信心，喜欢挑战看上去几乎不可能完成的技术革新……有着这些特质的技能工人，大都能取得成功。秦世俊的成才之路就是最好的例子。

哈飞在生产经营中，不乏与国外合作的项目。有一次，车间接到一个任务，为法国客户加工短梁。短梁是一种薄壁件，加工难度极高。在尝试加工的过程中，许多工人遭遇失败，零件报废情况时有发生。

一筹莫展的车间领导只得把目光转移到秦世俊身上，大家都知道他是攻坚克难的“专业户”。但这种短梁的长度并不适合在秦世俊的机床进行加工，况且他当时正忙于

秦世俊为南京航空航天大学学生作报告

另一个关键零件的加工。大家不知道秦世俊能否接受这个任务。

与我们想象的一样，秦世俊满口答应了。其实这项任务单从技术而言，对他来说也是一次巨大的挑战。一旦加工失败，不仅会降低他在工友心中的美誉度，更会影响项目整体的进度。

但秦世俊骨子里镌刻着对“挑战”的喜爱，他像一个战士领取了攻克碉堡的任务，心中充满了对胜利的期待。

在与法国专家的深入交流中，秦世俊了解到这种短梁的加工要求、难点，以及之前加工失败的原因。他发现短梁的壁厚特别薄，在加工过程中极易变形和产生振痕，这也是导致零件多次加工报废的原因之一。

在加工周期异常紧张的情况下，秦世俊没有退路。

连轴加班是秦世俊工作的常态了，不需再赘述。想要找到解决加工难题的方法，最有效的途径还得从分析之前加工失败的原因入手。经过大量实验，他发现原因出在最后精加工时零件侧壁留下了振痕。如果用手轻轻地扶在零件上，可以有效地减小振动，但这样做违反了加工安全条例，显然行不通。

怎么办？秦世俊有点无计可施了。正在此时，大脑里闪过孩子们玩橡皮泥的情景，一个大胆的想法在他心中萌发：用橡皮泥和胶皮套将零件根部和侧壁粘牢捆绑，以此或许可以达到减振的效果。

这个方法太冒险，而且以前从来没有用过，能否成功呢？成功与否只有实践才能得出结果，秦世俊决定尝试一下。

当秦世俊把想法告诉法国专家时，专家们露出了惊讶的神色，摊开两手用怀疑的口吻道：“这行得通吗？我们从未听说过这种方法！”

“请放心，我会全力以赴地完成这项任务。万一有问题，我来承担！”秦世俊目光坚定。

在法国两位专家倒班跟踪生产的情况下，秦世俊开启了“全天候”的作业。机床好似在他手中变成了吹弹可破的婴儿。他小心翼翼地操作着它，每一步都异常谨慎。

加工进程中，秦世俊的眼睛如猎人般时刻紧盯零件。为了确保零件的加工精度和表面质量，他必须关注零件每一秒的变化，跟随它的状态不断调整加工参数和刀具路径。

在机床的轰鸣声和刀具的切削声中，碎屑翻飞，如雪花一般美丽。经过几个日夜的努力，一件件完美的短梁从机床中制作出来。

一旁“督战”的法国专家非常激动，经验告诉他们，这批经秦世俊加工后的零件，不仅满足了他们的所有要求，而且在精度和表面质量上都达到了前所未有的高度。

法国专家告诉秦世俊，他的大胆尝试和创新精神让他们深感震撼，也让他们对中国青年工人不一样的勇气和智

秦世俊在操作设备

慧充满敬意。

揣云冬是秦世俊所在车铣班组的班长，他告诉我，在他们车间加工的零件多为模锻件，具有尺寸精度要求高、空间形位尺寸复杂以及表面粗糙度要求严格等特点。有的空间尺寸还无法直接测量，需借助三坐标测量机进行检测。有一次，某机型零件关键件起落架外筒在数控立式加工中心批厂加工时，在精度达标上就出现了两个棘手的问题，最后还是秦世俊主动请缨带领团队攻克的。

那两个问题分别是：零件中心精度孔 D88H8 与 D80H8 的表面粗糙度要求为 *Ra*0.4（微米）以上，然而实际镗削加工后仅能达到 *Ra*1.0 左右。往常需进一步进行钳工研磨才能达到精度，费时费力且质量稳定性较差，如果有波峰波谷，飞机上还会出现断裂的可能，这是第一个问题。零件中心精度孔到一侧叉耳的精度要求为 216（0/–0.05）毫米，实际加工后约 40% 的零件超差，这是第二个问题。

面对这两个难题，车间工艺科技术部门急于寻求解决方案。得知情况后的秦世俊向主管技术领导提出了组建团队攻克难关的想法，领导马上批准了他的建议。

针对精度孔表面粗糙度超差的问题，秦世俊协调维修部门，对机床主轴旋转跳动以及 Z 轴导轨直线度展开检测与调整，同时优化冷却润滑系统，以确保每次镗削时冷却液都能充分抵达镗削区域。他还带领团队将镗头、镗杆、刀片以及各装配接触位置逐一拆卸、擦拭并重新安装，细致排查可能影响镗削表面粗糙度的每一个细微隐患。

在排除其他影响因素后，秦世俊确定切削参数的优化是提升精度孔表面粗糙度的关键环节。切削三要素——主轴转速、镗削余量、进给速度的组合千变万化，他们通过经验积累、查找相关资料以及咨询刀具厂家技术等方式进行参数验证……

在不懈的努力下，孔内表面粗糙度好不容易提升到了 *Ra*0.8，可是，与 *Ra*0.4 的技术要求仍有很大的差距。这不免令团队成员心生颓丧，而且感到迷茫：表面粗糙度要求是否太苛刻？看起来真像一个难以完成的任务。

秦世俊却坚信一定能找到满足要求的切削参数组合。为了减少团队成员的疲惫感，提高工作效率，他将人员分成双班制，自己却不辞辛苦随着两班作业。

一个月的时间，他们结合历史数据分析机床精度、加工参数、刀具，寻找最优工艺方案。他们运用表格进行数据积累与分析，依据数据分析和实际镗削得到的粗糙度数

秦世俊在工作中

值，制订并分析镗削参数试切数据。团队在机床上进行了千百次试验，经历了一千多次的失败。

经过又一轮艰苦卓绝的 24 小时不间断验证，秦世俊及团队终于成功验证出达到 *Ra*0.4 表面粗糙度要求的切削参数，实现了镗削加工精度（表面粗糙度）达到 *Ra*0.13（微米）至 *Ra*0.18（微米）的镜面级，彻底解决了困扰行业多年的难题，创造了机械加工领域的奇迹，超越了理论极限值，实现了零件一次交检合格率百分之百，加工效率提高了近三倍。达到极限的这个方法，不仅完全可以满足他们目前的加工产品要求，还可以推广到更多的航空航天高精产品的应用上。

破解第一个问题的密码终于被秦世俊及团队找到了，接下来，他们要解决第二个问题。

影响零件中心精度孔到一侧叉耳精度超差的因素之一，是由于该尺寸为空间尺寸，现有量具无法直接测量，只能在加工后依靠三坐标测量机检测。原来的加工方案是找正中心孔后，直接镗削 D88H8 和 D80H8 孔来获得，但因零件加工后存在微变形且变形量难以确定，导致满足 $216^{0}_{-0.05}$）毫米尺寸要求存在诸多不确定因素。

在探索减少、控制变形方法时，秦世俊的观点非常客观，他认为任何加工都会使零件产生变形，控制此零件微变形的难度较大，但只要能精确测量出216毫米的实际尺寸，再通过工件坐标系的微量偏移，便可确保该尺寸精度。

秦世俊提出采用在线测量的方法，借助机床上的百分

秦世俊在总结零件加工经验

表测头检测 216 毫米的实际尺寸，然后利用三坐标测量机进行检测，验证误差值，进而对实际尺寸进行调整。这一创新方法不仅成功解决了第二个问题，与此同时，还巧妙地解决了机加行业普遍面临的控制零件变形难题。

揣云冬虽然是秦世俊的班长，但他由衷地佩服这位班组成员。他说秦世俊对技术的执着钻研和敢于迎难而上的勇气，是常人难以比拟的。

揣云冬记得还有一次，又一个高难度的任务交到了秦世俊的手里，某机型起落架上一个零件所要求的精度比正常生产提高了 4 倍。就在大家认为这不可能实现的时候，秦世俊默默地开始了反复测试。

当零件表面被打磨光滑，已经很难通过经验判断时，就得一点一点地去调试了。他试了无数把刀具，半个多月后，终于将零件精度达到了技术要求。

执着地将不可能变成可能，在毫厘间精雕细琢……秦世俊身上潜藏的工匠特质在时间的推移中越来越明显。

2014 年 6 月 19 日，哈飞以秦世俊的名字揭牌成立了“秦世俊高技能人才（劳模）创新工作室”。

第十四章

团队智慧打开高质量加工之『锁』

“秦世俊高技能人才（劳模）创新工作室”吸纳了哈飞多名劳动模范、高技能人才以及相关技术人员，是个旨在突破技术难关的攻关团队。在那一刻，秦世俊感到自己的名字被赋予了前所未有的特殊含义，肩上感到了使命和责任带来的沉甸甸的分量。

1986 年出生的高级技师张鹏飞是工作室成员，毕业于哈尔滨职业技术大学数控技术专业的他，2008 年通过校招进入哈飞小型三坐标加工中心班组学徒。在车间里，他就听到很多关于秦世俊的传说：奥运火炬手，哈飞最年轻的高级技师，单位加工难度大、尺寸精度高的起落和升力系统零件的加工几乎都由他领衔承担，是机械和数控加工的核心与灵魂人物，等等。

对技能工人而言，高级技师是能达到的最高等级。对刚进厂的青工张鹏飞而言，秦世俊简直就是神一般遥不可及的存在。张鹏飞常常梦想能与秦世俊一起学习、工作，但他又觉得很难实现。

直到一个月后，当车间领导找到张鹏飞，说要把他调到秦世俊机床和秦世俊一起工作时，他才知道自己的梦想实现了。但很长一段时间，他都恍然如梦，不敢相信自己怎么会有这么好的运气，能成为秦世俊的徒弟。

张鹏飞说师父带徒弟的方式特别好，别的师父是光自己做，要徒弟在旁边看。而秦世俊却鼓励徒弟多操作，说只有那样上手才快。

张鹏飞的话不由得让我想起秦世俊的师父宋广全。一种好的授徒方法，不仅能造福操作经验欠缺的徒弟，更能让一代一代徒弟继承并发扬光大。

加工起落架外筒关键件时，尺寸刀具多，张鹏飞不知从哪里下手，处于发蒙状态。秦世俊要求他先看图纸，厘清思路，再研究下一步怎么干。

关键件加工，学徒大多处于“一看就会，一做就废”的状态。但因为原材料成本高，锻件无补救的余地，所以张鹏飞不敢轻易动手。为了消除张鹏飞的胆怯心理，每次操作秦世俊都站到他身边，一旦出现错误便及时指出，这

哈尔滨市总工会为“秦世俊劳模创新工作室”给予项目补助（左为秦世俊）

大大增强了张鹏飞动手的信心。

秦世俊常说，看一百遍不如自己做一遍。这是他在师父宋广全那里取到的“真经”。所以，他常鼓励徒弟在看透图纸、做足功课后要敢于操作。

某机型扭轴加工既需要车削工具，又要有铣削工具，而张鹏飞是数控铣工，对车削不是很熟悉，导致扭轴零件不均匀，需要多次装夹。秦世俊看到后，告诉张鹏飞关键件基准多次装夹要考虑零件的各个基准，如此才能保证零件各尺寸符合图纸要求。师父的指点令他茅塞顿开，看似棘手的问题迎刃而解。

“秦哥钻研技术能达到废寝忘食的地步，无论是吃饭还是下班，他都不准点。我们催他，他对着机床头都不抬，老是那句话，‘走完这一刀再吃’或者‘走完这一刀再走’。”张鹏飞说。

而比张鹏飞小 2 岁的王洪才看似更幸运，2012 年从哈尔滨工业大学华德应用技术学院数控技术专业毕业进哈飞，直接就分到秦世俊机床做徒弟。他直言，秦师傅的经验和智慧对他来说是一笔宝贵的财富。

在学校就入了党的王洪才，像秦世俊一样，也对各种精密零件的加工工艺有着浓厚的兴趣。特别是飞机起落架关重件摇臂的加工，其复杂与精细的程度让他分外着迷。

工装装夹是加工过程中的基础，定位元件的选择与安装至关重要。定位元件就像是整个加工的根基，如果它不够牢固或者位置不准确，那么后续的加工步骤都会受到影响，甚至可能导致整个零件报废。

要保证定位元件的牢固和位置的准确，在工装装夹时必须仔细检查定位元件，确保其稳定可靠。除了定位元件，工装的压紧力需恰到好处——过松会导致零件在加工过程中移动，过紧则会导致零件变形或者损坏。

秦世俊告诉王洪才，就像拧螺丝一样，需要找一个合适的力度，既能够固定住零件，又不会对零件造成额外的压力。同时，压板支撑脚的选择也有讲究，要根据工装和零件的实际情况来选择合适的支撑脚，确保能够提供均匀稳定的支撑力。

在教徒弟知识点时，秦世俊尽可能用贴切的比喻，希望能让徒弟一听就懂。

“那么，百分表怎么正确使用呢？”百分表在加工过程中有非常重要的测量和校准作用，王洪才知道师父的脑子里装了很多秘籍，他恨不得全部学到手。

秦世俊最喜欢向他提问的徒弟，他愿意倾囊相授。

"秦世俊全国示范性劳模创新工作室"授牌仪式合影（前排右五为秦世俊）

工装安装好后，要将工装的 A 轴设为零度，然后使用百分表进行校准。具体方法是，将百分表用连接钻夹固定在主轴上，然后慢慢地移动主轴到工装边缘，让百分表有 0.3 毫米的压量。接着，移动机床 Y 轴，观察百分表指针的变化量。如果指针增加了 0.6 毫米，那么就需要调整机床 A 轴来减小这个压量，一般是将增加量的一半减掉。这个过程需要反复进行，直到百分表指针固定住，这样工装 A0 就确定好了。

“这个过程就像是在找平衡，需要一点一点地微调，才能达到精准。”秦世俊又不忘来一句。

其实，王洪才是一个不善言辞的人，为这也没少挨师父秦世俊的批评，师父经常鼓励他大胆表达，大胆尝试，说想要积累经验，首先必须敢于动手。

加工飞机起落架关重件摇臂需要使用多种刀具，包括面铣刀、立铣刀、钻头、镗刀和倒角刀等。每种刀具都有其特定的用途和注意事项：面铣刀在使用前需要检查刀片是否完整无缺；立铣刀则需要检查刀刃长度是否足够加工零件的要求；钻头需要测量其有效长度，以控制钻盲孔的深度；倒角刀则需要选择合适的直径，以满足孔口倒角的需求。而其中最关键的则是镗刀的选择和使用。

秦世俊提醒王洪才，加工铝合金模锻件时，需要选择能够满足孔径要求的镗刀，并选用尖角圆弧半径为0.2毫米的镗刀片，加工出来的孔径才会尺寸稳定、孔壁才会光滑，且孔和平面的垂直度也能得到保证。

“如果要用一个比喻，”秦世俊想了想说，“就像给不同的锁配不同的钥匙一样，如果选错了刀具，就无法打开高质量加工的这把‘锁’。”

王洪才听了茅塞顿开，师父说得多好啊！他们工作室所做的一切技术攻关，不就是为了打开高质量加工这把“锁”吗?

秦世俊继续向王洪才传授零件装夹方面的技巧：飞机起落架关重件摇臂是模锻件，外形复杂且定位压紧很关键，特别是零件尾部有一个46毫米孔径、110毫米孔深的孔，在装夹时一定要避免将这个孔附近压实。较好的办法是使用V形块将零件中间垫起来，让尾部的孔和工装留出0.5毫米的间隙，然后在垫起的上方加压板固定。这样既可以保证零件在加工过程中的稳定性，又可以避免对零件造成不必要的压力。

为了强调原点确定的重要性，秦世俊说，要使用划针对准十字线来找X轴、Y轴、Z轴坐标，就像给零件在加工的世界里找一个准确的“家”一样。只有坐标找对了，加工才能按部就班地进行。

加工飞机起落架关重件摇臂的重点是30毫米和46毫米这两个孔的加工，两孔公差范围很小，对加工精度要求极高。

秦世俊选择了向王洪才介绍自己加工46毫米孔的

秦世俊（前排右一）接受“秦世俊劳模创新工作室”授牌

过程：

首先使用45毫米钻头打初孔，再使用粗镗刀调到约45.7毫米进行加工。加工完成后测量孔径，如果偏差不大则无须调整。接着使用精镗刀，先调到45.75毫米加工一次，再次测量孔径后，调到45.85毫米加工。观察孔径是否增加了0.1毫米，如果有0.01毫米的偏差，则需要在后续调整镗刀数值时考虑进去。最后将镗刀数值调到46.015毫米，分两次上量进行加工，并考虑上刀量对加工结果的影响。在这个过程中，需要特别注意测量结果的准确性和镗刀参数的调整技巧。

王洪才边听边做笔记，师父所言都是干货，绝非书本上能够学到的。师父是无私的，如若他将自己实践中取得的技艺和经验保留一点，工作室的同事们可能会走许多弯路。

秦世俊还向王洪才传授了三个重要的加工技巧：一是拉直找正技巧，即在装夹和加工前通过各种手段让零件处于最佳加工状态；二是镗孔过程释放外应力技巧，即在镗孔时通过合理的加工顺序和参数来慢慢地释放材料中的应力，以避免零件变形；三是镗孔过程指导技巧，即在镗孔的每一步都根据测量结果来调整镗刀参数，以确保加工精度。秦世俊告诉王洪才，这些技巧在车间里都非常实用，只要掌握了它们，加工飞机起落架关重件摇臂就不再是难题了。

秦世俊高技能人才（劳模）创新工作室除了技艺精湛、经验丰富、年龄大的老劳动模范和骨干技师，还有许多“80后”“90后”，有的比秦世俊小不了几岁。虽是师徒关系，但性格随和的秦世俊不让他们叫他师父，所以工作与生活中，一声声“秦哥”拉近了彼此的距离，更让工作室像一个团结友爱、共同奋进的大家庭。

工作室成员门显睿，是中北大学飞行器制造工程的毕业生，1989年出生，大学期间入党。小伙子谦恭有礼，尊称师父秦世俊为“人生导师”。但在技术革新问题上，他们经常争论得面红耳赤。

一种新型号飞机关键零部件为复杂的异形结构件，按传统工艺加工，精度总是超差。这像一根顽固的“刺”，“扎”在项目进程里，使之不能顺利开展。

秦世俊皱眉对着图纸，铅笔在上面不停地点击。之前提出的切削参数调整法，理论上可行，实操时却遇刀具磨损快、震颤大等问题，首批试件报废。沮丧情绪弥漫在工作室成员们心头。

秦世俊（左三）和工友们一起研究生产中遇到的问题

秦世俊却无丝毫气馁，拉着大家一头扎进数据堆，从材料应力到机床力学特性，每个因素都被他们拆解开日夜分析。

优化刀具路径时，分歧出现。门显睿等工艺人员倾向保守分步，小切深，慢进给；秦世俊胆大心细，构思了“一气呵成”的连贯切削。团队成员为此争得面红耳赤，最后结合思路，重新制订工艺方案进行模拟，敲定融合方案。

试加工那晚，所有人紧盯机床屏幕，刀头飞旋，切屑纷扬，零件渐现完美轮廓，精度一次性达标。欢呼声在工作室炸开，大家长久的疲惫被成功的喜悦冲散……

秦世俊（中）在演示设备操作

攻关路上，工作室成员之间时有争执，他们各抒己见，相互交流，在唇枪舌剑中挑选出最优的加工方法。

这种氛围着实让秦世俊喜爱，团队的力量让他无比振奋。好点子、金点子等都会在头脑风暴的碰撞中，令人惊喜地诞生。

秦世俊一直认为，以他名字命名的创新工作室，并不是单纯的个人荣誉象征，而是一个团队协作、智慧碰撞的平台。新型号飞机制造之所以能迈过关键坎儿，来源于工作室伙伴们在技术征途上无畏进击的默契。

因为制造业薪资保守，门显睿的思想曾经产生过波动，一度对行业和自己失去信心。秦世俊把门显睿选拔进工作室后，经常与他和其他有类似想法的成员们一起，畅谈直升机制造业对国防科技的重要性，引导他们树立产业工人的职业自豪感和使命感，培养他们航空报国的情怀……

进厂10年后，门显睿被提为高级工程师，他直言是工作室帮自己迈上了新台阶。

工作室继2014年和2016年分获全国总工会授予的“全国示范性劳模创新工作室”和“全国工人先锋号”殊荣以来，在2017年12月，又被中国质量协会授予全国“质量信得过班组”称号。秦世俊个人荣获全国“质量信得过班组”突出贡献奖，被评为享受国务院政府特殊津贴专家。

迄今为止，秦世俊和他带领的高技能人才（劳模）创新工作室成员，申报国家专利36项，实现技术创新1000余项，协助完成了亚丁湾护航、极地科考、国庆阅兵等重大政治任务。

秦世俊说：“我特别希望通过工作室培养出更多的年轻人，在航空装备上注入新鲜的血液，让我们的航空梦能早日实现，让中国制造业在世界上更有话语权。”

第十五章 用努力成就不凡

2013 年 4 月 28 日，是秦世俊永难忘记的一个春日。

那天上午，中共中央总书记、国家主席、中央军委主席习近平在百忙之中抽出宝贵时间，亲临全国总工会机关，亲切看望并慰问了来自全国各条战线、各个时期、各行各业的劳动模范代表。

作为那年全国五一劳动奖章获得者，秦世俊有幸出席了座谈会。他与来自全国 31 个省、区、市的 65 名劳动模范同习近平总书记围坐在一起，畅谈工作、生活与人生理想。

黑龙江省代表 10 人进京参加全国五一劳动奖章表彰大会，参加座谈会的只有梁军和秦世俊。

梁军这个名字大家或许会觉得陌生，但若提起 1962 年发行的第三套人民币中 1 元人民币上的女拖拉机手形象，相信人们就会恍然大悟。梁军，就是女拖拉机手的原型。

秦世俊从小就听父亲讲过梁军的故事。父亲拿着一元

秦世俊和梁军（前排左一）合影留念

纸币，告诉他上面开拖拉机的姑娘是新中国的第一代劳动模范。当年她带领女拖拉机手们在旷野开荒，为了赶进度，昼夜连续作业，每天开车 12 个小时以上。她们住在草窝棚里，饿了就着馒头吃咸菜，渴了就喝旁边水沟里的水。地里蚊子多，姑娘们脸上、腿上都被叮出了大包，但从不喊苦叫累，更不言放弃……几十天过去，她们圆满地完成了开荒任务，且开荒质量高，土地深浅一致，获得一片好评。

秦世俊没承想能见到心中的劳模偶像梁军，自是惊喜不已。梁军此时已 83 岁高龄，腿脚不便，需乘坐轮椅。知道秦世俊也是黑龙江人后，梁军送了他一本中国工人出版社出版的《梁军传——共和国第一位女拖拉机手》。回忆起当年的垦荒战斗，梁军告诉秦世俊："那时我们以苦为乐，以苦为荣，也没想过要什么名和利。我们最大的光荣是用自己的劳动成果支援了祖国经济建设和抗美援朝战争。"

秦世俊推着梁军的轮椅，一同踏入庄严而温馨的会场。

习近平总书记面带微笑，步伐稳健，逐一与参会人员亲切握手交谈。习近平总书记认真倾听每一位劳动模范的自我介绍，并一一点头致意。

《梁军传——共和国第一位女拖拉机手》封面

看着习近平总书记一步一步在向自己走近，秦世俊既紧张又兴奋。他鼓足勇气伸出双手握紧了习近平总书记温暖厚实的大手，感觉一股暖流瞬间传遍全身。

习近平总书记望着一身哈飞工装的秦世俊，笑容慈祥和蔼。秦世俊胸前佩戴着省、市级劳动模范奖章，中国航空工业集团优秀共产党员和全国技术能手奖章，这些奖章见证了他多年来的辛勤付出与不懈努力，每一枚奖章背后都凝聚着他洒下的汗珠与泪水，记录着他成长的足迹。

习近平总书记饶有兴趣地询问这些都是什么奖章，秦世俊满怀自豪地一一介绍。总书记问："你多大了？"

"31 岁。"秦世俊激动地回答。

习近平总书记微笑着点头，语重心长地对秦世俊说："很好啊，31 岁就取得这样的成绩不容易呀！现在国家就缺少你这样年轻的高技能人才。"

一席话如春风拂面，温暖了秦世俊的心田，也成了他以后继续攻坚克难的无穷动力。

北京的秋天，万里无云，风和日丽。秦世俊再次受邀来到首都，在天安门广场参加中华人民共和国成立 70 周年国庆阅兵观礼活动。他是黑龙江省应邀观礼的唯一一位产业工人。

天安门广场旌旗飘扬，欢声雷动。受阅飞机自东向西飞来，空中护旗梯队拉开了阅兵分列式的序幕，20 架直升机组成巨大的"70"字样，在天安门广场湛蓝的天空飞翔。

这是令人激动而又光荣的观礼时刻，秦世俊握着电话的手颤抖了。因为正在天空翱翔的雄鹰中，有自己亲手参与制造的直升机。

电话那头的父亲只听到儿子兴奋的欢呼：“爸爸，飞过来了！飞过来了！祖国万岁！祖国万岁！”秦永刚想知道有些什么机型，问了几遍，那边的秦世俊根本没有听见。

坐在电视机前观看直播的秦永刚不由得热泪盈眶，儿子终于代替他实现了梦想。

天安门广场成了沸腾的海洋，“祖国万岁”的声浪一浪

2015 年，秦世俊受邀参加中国人民抗日战争暨世界反法西斯战争胜利 70 周年庆祝活动

2019年10月，秦世俊受邀参加中华人民共和国成立70周年庆祝活动

2021 年 7 月，秦世俊受邀参加庆祝中国共产党成立 100 周年大会

秦世俊被评为 2022 年“大国工匠年度人物”

高过一浪。秦世俊身边的观礼嘉宾看他穿着中国航空工业集团的工作服，问他：“这是你们中国航空工业集团造的飞机吗？”

“是的！里面有我参与制造的直升机。”秦世俊无比自豪地望向天空。

观礼嘉宾们纷纷对秦世俊竖起了大拇指。

“我作为一名产业工人，还有什么能比那时那刻更能让我真切体会到职业的成就感和自豪感呢！中国制造，是我们几代航空人共同的梦。”秦世俊回忆起12年前的那一幕时，仍然难抑激动之情。

2023年2月28日晚，由全国总工会、中央广播电视总台联合举办的2022年“大国工匠年度人物”发布仪式在六朝古都南京举行，经过各级工会层层推荐选拔和专业评审委员会评审后，入选的10位“大国工匠年度人物”走上了璀璨的舞台，这是共和国对新时代奋进者的致敬和礼赞。

秦世俊就是其中的一位。他身着中国航空工业集团工作服，手捧奖杯，面对亿万观众动情述说：

小时候，看见父亲身披大红花，在光荣榜上时，

秦世俊参加第二届大国工匠创新交流大会暨大国工匠论坛

我会对别人骄傲地说："那是我的父亲！"现在，
我的照片在大国工匠荣誉墙上，今天我想问问父亲，
您能不能指着那张照片对别人说："他是我的儿子！"

哈尔滨家中，正对着电视机认真观看央视直播的秦永刚，听到儿子说的这句话，边笑边流泪。此时此刻，他多想大声告诉全世界："秦世俊，他是我的儿子，是我的骄傲！"

后 记

读书时填履历表，家庭成分那栏我永远填的是工人。我父母是工人，四个姐姐除了一个当教师，一个在医院工作，另外两个也是工人。后来，她们分别成家。走进我家的四个姐夫，还是普普通通的工人。

我们家全无文艺细胞，没有谁能唱一首完整的歌曲，但只有一首歌除外，那就是《咱们工人有力量》。

咱们工人有力量，
每天每日工作忙，
嘿，每天每日工作忙，
盖成了高楼大厦，
修起了铁路煤矿，

改造得世界变呀么变了样

……

当年，这首飞翔着自豪的歌声，往往会从街边小巷那透出昏黄灯光的窗户里传出——那是我家能全体参与的唯一才艺。

所以，“工人”这词，我有天生的亲近感。

所以，我选择了去哈尔滨，去采访秦世俊，一个既普通又不普通的车间一线数控铣工。

秦世俊用10年的时间，从一名普通的技校毕业生成长为集团首席技能专家，他为什么能取得在常人眼里难以企及的成绩？

我觉得秦世俊对工作的痴迷与热爱应该摆在首位。热爱是最好的老师，也是成功的基石。自发的热爱能让他总是充满激情，在遇到困难时毫不退缩，去勇敢地攻坚克难。

然后是国家和中航集团公司为产业工人搭建的技能竞赛的平台，以及学习与晋级的“绿色通道”等，让他能够有机会从众多优秀的产业工人中脱颖而出。产业工人技能等级提升并非易事，如果没有以实力论高低的赛场作为推动和激励，秦世俊可能需要花更长的时间，才能晋级到高级技师的等级。竞技赛场不拘一格降人才的机制，不仅能在短时间内帮助产业工人实现自我突破和成长，还能催化他们的激情，让他们的思想开出创新的鲜花。

最后一点，也是非常重要的一点，是秦世俊的父亲身上有典型的老一辈劳动模范和航空人不怕吃苦、拼搏奉献的工匠精神。这个影响是深远的，秦世俊的童年、青年受益于此，未来肯定也将持续作用。

伟大的复兴起于传承。

作为中国航空工业集团首席技能专家，秦世俊先后参与过直9、直19、运12系列机型的生产，参与研制C919、AG600等大飞机的多个零部件……国家给他的荣誉大大小小90多个，但他一直安于渺小，怀揣初心，守在几平方米的机床工位，专注于数控技术革新。他用心优化工艺细节，为哈飞精准制造赋能，为大国航空制造业腾飞助力。

作为中国航空工业集团的一名普通员工，他的工作看似普通却至关重要，每一个小小的零件都影响着飞机的整体安全。由他优化改良的新工业，也成为哈飞制造的硬实力。

秦永刚与秦世俊父子二人，两代劳模，他们的故事不但让我看到了成就，更让我看到了精神。“丹青难写是精神”，我似乎能听到父子俩血管里的中国声音，那声音奔流着要为祖国作出贡献，要实现人生价值的强烈的精神情志。

在从制造业大国向制造业强国转变的征程上，期望更多的年轻人能成为秦世俊的同路人，因为技术工人队伍是支撑中国制造、中国创造的重要力量。

在哈尔滨的最后一天，我去了哈飞附近的侵华日军第七三一部队罪证陈列馆。不用说，参观完后我的心情异常沉重，那是一段不堪回首的屈辱和浸透了血泪的历史。

陈列馆的出口是一条 76 米长、5.5 米宽的幽暗地下隧道，这条隧道设计的寓意能让人有泫然泪下后的感奋：别回头，向前走，出口有光，有人间烟火，有国泰民安；别忘记来时路，有民族苦难，有国仇家恨。

别回头，向前走！

光明属于正在崛起的中国！

2025 年 2 月